진정한
친구가 없어서
외롭다고 느낄 때
읽는 책

진정한
친구가 없어서
외롭다고 느낄 때
읽는 책

오시마 노부요리 지음

장인주 옮김

경향미디어

홀로 외로움을 이겨냈을 때
진정한 친구를 알아볼 수 있어요

다른 사람들은 나와 달리 친구들이랑 사이좋게 잘 지내는 것 같은 생각이 듭니다. 톡으로 자주 연락하고, 친구가 SNS에 글을 올리면 '좋아요'를 누르거나 댓글을 달고, 단골집에서 만나 술잔을 기울입니다. 결혼한 친구들은 가족 동반으로 외식을 하거나 캠핑을 가기도 합니다. '부럽다. 나도 친구들과 저렇게 지내고 싶다.', '나도 친구와 신나게 놀고 싶다.'라는 생각이 들지만, 친구라고 부를 만한 사람이 없습니다. 회사 동료는 있지만 친구라고 할 수 있을지 의문이 듭니다. 업무와 관계없는 사람과 관계를 맺기가 어렵습니다. 어느 날 문득 진정한 친구가 없어서 외롭다고 느낀 적이 있지 않은가요?

누군가와 자주 메시지를 주고받으면 '친해졌나?', '친구인가?' 싶을지도 모릅니다. 그런데 혹시 메시지를 작성할 때 상대방의 마음을 헤아리면서 입력창에 쓴 글을 지운 적이 있지 않은가요? 또는 카톡 새친구에 떴지만 쉽게 메시지를 보내지 못한 적이 있지 않은가요? 용기 내어 보낸 메시지에 상대가 답장을 주었는데 상대방의 기분을 너무 생각한 나머지 시답잖은 이야기를 써서 그것으로 대화가 종료된 적이 있지 않은가요?

그렇게 대화가 이어지지 않아 '친구'로 발전되지 않으면 의기소침해집니다. 다른 사람들은 편하게 메시지를 주고받고 관계가 돈독해지면서 점점 친구가 늘어나는데, 나만 친구가 없는 것 같아 쓸쓸합니다. '나의 어디가 문제인 걸까?', '나에게 매력이 없어서 친구가 없는 걸까?', '내가 너무 딱딱해서 다들 나를 어려워하는 걸까?', '늘 상대방이 기분 나쁘지 않게 배려하고 누구보다도 친절하게 대하려고 하는데 왜 친구가 안 생기는 걸까?' 하고 고민합니다.

다른 사람들은 친구를 만들려고 특별히 노력하지 않아도 자연스럽게 친구가 생기는데 왜 나만 혼자일까요? 그 이유를 알면 외로움에서 벗어나 삶이 즐거워지지 않을까요?

친구 관계 고민으로 제게 상담하러 오는 사람이 많습니다. 친구가 없어서 고민하고 친구를 사귀어 외로움에서 빠져나오려고 애씁니다. 친구가 없다며 고민하는 사람에게 저는 "친구 따위 필요 없어요."라고 단호하게 말합니다. 왜냐하면 친구가 없다고 말하는 사람일수록 친구를 만들려고 노력하기 때문입니다. 노력해야 하는 관계를 '진정한 친구'라고 할 수 있을까요? 노력하기를 그만둔 순간 떠나버리는 사람은 처음부터 친구가 아닌 것입니다. 외로운 게 싫다며 열심히 노력할수록 진짜 친구가 아닌 사람들을 상대하게 됩니다. 그렇게 친구가 없다며 한층 더 노력해야 하는 악순환에 빠지는 것입니다.

'정말 친구가 필요한가?'라는 질문으로 돌아가면, 친구라는 인간관계의 재미있는 구조가 보이기 시작합니다. 외로우니까 친구가 필요하다고 생각했는데, 알고 보니 친구 관계가 그 외로움을 만들고 있을지도 모릅니다.

그렇다고 해도 '노력하기를 그만두면 진정한 친구가 보이기 시작한다.'라는 결말만으로는 혼자라는 생각에서 오는 외로움이 해소되지 않습니다. 저는 이 책을 통해 최종적으로 '누구나 쉽게 친구를 만들 수 있다.'라는 메시지를 전하고자 합니다. 어떻게 친구 관계를 쌓아야 하는지 구체적인 방법도 소개할 것입니다.

친구를 많이 사귀게 되면 최종적으로 '역시 친구는 내게 그렇게 필요하지 않았어.', '그 외로움은 망상이었어.'라고 깨닫고 지금

껏 자신을 괴롭혔던 고독감에서 해방될 것입니다. 고독감에서 해방되어야 비로소 진정한 친구가 보입니다. 언제나 나를 믿어주는 친구가 있다는 것은 삶을 살아가는 데 든든한 버팀목이 됩니다. 어떤 일을 하든 있는 그대로의 나를 믿어주고 응원해주는 친구가 있으면 내가 빛날 수 있습니다. 그런 소중한 친구를 알아볼 수 있습니다. 그들과 긍정적인 에너지를 주고받으며 보다 더 자유로운 인생을 살 수 있게 됩니다.

저는 어릴 때부터 '나만 친구가 없어.'라며 항상 고독하게 지내왔습니다. 이 책을 쓰면서 저 또한 제게 가장 소중한 존재를 찾을 수 있었습니다. 부디 이 책을 통해 고독감에서 벗어나 진정한 나로 있을 수 있는 친구를 찾길 바랍니다.

오시마 노부요리

차례

1장

내게는 진정한 친구가
없는 걸까요?

:
우리는 왜
친구를 갖고 싶어 할까요?

· · ·

친구를 사귀고 싶어 하는 이유 중 하나는 '공감'을 바라기 때문입니다. 타인에게 공감을 바라는 것은 동물적인 본능입니다. 현대인의 삶은 스트레스로 가득합니다. 평범하게 생활하는 것 같지만 우리는 스트레스를 꾹꾹 담아두고 있습니다. 우리의 뇌는 스트레스로 서서히 달아오르고 있습니다. 뇌가 스트레스로 극한까지 달아오르면 어떻게 될까요?

가까이 있는 상대방이 그 에너지를 받습니다. 그리고 본능적으로 당신에 대해 공격적인 태도를 취하게 됩니다. 이러한 '이유 없는 공격'은 상대방에게 그만하라고 해서 멈출 수 있는 것이 아닙니다. 가장 확실한 방어법은 스트레스를 쌓아두지 않는 것입니다.

스트레스를 푸는 데 효과적인 것은 누군가에게 공감을 받는 것입니다. 우리는 누군가에게 이해받기를 본능적으로 원합니다. 공감을 얻기 위해서는 누군가에게 마음을 털어놓을 필요가 있습니다. 그 누군가가 바로 '친구'라는 존재입니다.

가령 평소 상사 때문에 스트레스로 달아오른 당신의 뇌는 답답한 나머지 이를 언어화에서 누군가에게 "내 상사는 말이 많아서…"라고 내뱉습니다. 상대방은 그 말을 통해 상황을 이해하여 "상사와 잘 맞지 않구나." 하고 당신의 마음을 받아줍니다. 이렇게 누군가에게 마음을 전해 공감받았다고 여기면 스트레스가 사라집니다. 이러한 구조를 본능적으로 알고 있기 때문에 우리는 친구를 갖고 싶어 하는 것입니다.

공감해주는 상대라면 가족이어도 되지 않느냐고 할 수도 있습니다. 하지만 아쉽게도 가족만으로는 스트레스 해소 효과가 부족합니다. 가족에 대해서는 아무래도 '이해해주는 것은 당연하다.', '말을 하지 않아도 알아줄 것이다.' 같은 기대와 믿음이 있습니다. 그렇기 때문에 마음속 깊이 공감을 얻었다는 만족감이 낮습니다.

내게 친구란
무엇인지 생각해보세요

친구란 어떤 사람을 말할까요? 같이 놀러가거나 같이 밥 먹는 사람? 나를 이해해주는 사람? 서로 잘되길 바라며 응원해주는 사람? 친구에 대한 정의는 사람마다 다릅니다. '어디부터 친구라고 생각하는가?'라는 질문에 대한 기준선도 저마다 다릅니다.

그렇기 때문에 친구가 많은 사람이 있는가 하면 적은 사람도 있습니다. 친구가 적어도 만족하는 사람이 있는가 하면 친구가 적어서 자신감이 떨어지거나 고독감을 느끼는 사람도 있습니다. 친구가 없어서 또는 적어서 외로움을 느끼고 본능적으로 친구를 원합니다. 이는 자신이 생각하는 친구상에 딱 맞는 사람을 만나지 못해서일 수 있습니다.

우리는 한 사람 한 사람이 다른 인간입니다. 생활방식이나 속하는 사회 등에 공통점이 많으면 공감거리가 많습니다. 하지만 공감 요소가 있다고 해서 사고방식이나 가치관까지 완전히 일치하지는 않습니다. 오히려 공통점이 있기 때문에 다른 부분이 신경 쓰일 가능성도 있습니다.

'언제나 서로 공감하고 그것을 확인할 수 있는 관계'는 일종의 환상입니다. 현실은 누군가와 마음속 깊이 공감하기가 어렵습니다. 환상을 추구하면 '친구'의 문턱은 더 높아져버립니다.

잠시 멈춰서 친구란 무엇인지 생각해보길 바랍니다. 시점을 조금 바꾸기만 해도 이미 좋은 친구가 있다는 사실을 깨닫거나 새로운 친구를 찾을 수 있을 것입니다.

—

우리가 친구에게 원하는 것은 '공감'입니다.
이해받음으로써 스트레스가 해소됩니다.

:
친구 사귀기를
어려워하는 이유가 뭘까요?

친구 사귀기가 어렵거나 다른 사람과 잘 어울리지 못해서 그 원인을 생각해본 적이 있나요? 소극적인 성격이라서요? 분위기 파악을 잘하지 못해서요? 혼자서 그 원인이 무엇인지 생각하다 보면 스스로를 탓하기 쉽습니다. 타인과의 관계 맺기가 어려운 원인은 '혼자서는 해결할 수 없는 부분'에 있는 경우가 많습니다.

타인과의 거리를 좁히기 위해서는 상대방에 대한 신뢰가 필요합니다. 신뢰감을 형성할 때 중요한 역할을 하는 것은 '옥시토신'이라는 호르몬입니다. 옥시토신은 수유할 때 엄마의 뇌에서 분비되는 것으로 알려져 있습니다. 엄마 품에 안겼을 때 아기의 뇌에서도 옥시토신이 분비됩니다. 엄마 품에 안긴 경험이 부족한 아이는 어른이 됐을 때 옥시토신이 잘 분비되지 않습니다.

긴장 상태가 지속되면
'긴장 스위치'가 망가져요

옥시토신의 분비량이 적은 사람은 타인을 신뢰하거나 타인에게 신뢰감을 주는 데 그리 능숙하지 못합니다. 그렇기 때문에 타인의 기분을 살피고 눈치를 보기 쉽습니다. 상대방이 내 눈을 피하면 '내가 싫은가?', '내가 무슨 실수를 했나?' 하고 자신에게서 원인을 찾으려 하고, 무슨 행동을 하려고 해도 사람들이 자신을 이상한 사람으로 여길까봐 전전긍긍합니다. 그렇기 때문에 사람들과 함께 있으면 피곤해지는 것입니다.

일반적으로 사람의 뇌는 긴장해야 할 때 '긴장 스위치'가 켜지게끔 되어 있습니다. 하지만 항상 남의 눈치를 보며 긴장하고 있으면 긴장 스위치가 망가질 수 있습니다. 그 결과, 뇌의 긴장된 상태가 계속되어 정작 긴장해야 할 때 긴장이 풀리는 일이 일어납니다.

긴장도가 높으면
'동료'로 받아주지 않아요

뇌의 긴장도가 높으면 집단 내에서 어울리기가 어려워집니다. 밉보이기 싫다거나 공격당하기 싫다며 자신을 지키기 급급해서 항상 안절부절못합니다. 남의 눈치를 많이 본 나머지 자신을 잃어버려 부당한 처사를 당해도 반격할 수가 없습니다.

이런 상태에서는 친구를 사귀겠다고 노력해봤자 오히려 상황이 더 안 좋아집니다. 누가 시키는 대로만 움직이고, 싫은 소리를 들어도 그저 웃어넘깁니다. 그런 상황에서 생성되는 것은 우정이 아니라 서열입니다. 동료로서 받아들여지는 것이 아니라 '지배당하는 사람'으로 받아들여집니다. 서열이 만들어지면 주변과 일체감을 얻을 수 없습니다. 이렇다 할 이유 없이 그룹에서 제외되는 경우도 드물지 않습니다.

뇌의 긴장 원인이 되는 옥시토신의 분비를 촉진시키거나 고장난 긴장 스위치는 안타깝게도 혼자 힘으로는 고칠 수 없습니다. 그렇다고 해서 당신이 친구를 못 사귀는 것은 아니니 걱정하지 않아도 됩니다.

친구를 못 사귀는 원인이 '뇌의 긴장' 때문이었다는 사실을 안

것만으로도 새로운 한 걸음을 내디뎠다고 할 수 있습니다. '긴장하기 쉬운 나'를 인정하면 스스로 컨트롤할 비결을 터득할 수 있습니다.

친구 사귀기가 어려운 것은 뇌의 긴장 때문입니다.
우선은 긴장하기 쉬운 자신을 잘 다루는 방법부터 익히세요.

:

당신에게 친구란

어떤 존재인가요?

· · ·

중요한 프레젠테이션이 펼쳐지는 자리에서 긴장한 발표자를 보다 보니 듣는 사람인데도 긴장하게 된 경험이 있지 않은가요? 왜 당사자도 아닌데 긴장이 될까요? 발표자와 아는 사이도 아니고, 발표가 성공하든 말든 이해관계가 있는 것도 아닌데 말입니다. 그 발표자에게 감정 이입하고 있어서일까요? 열심히 하는 발표자를 응원하고 싶어서일까요? 모두 틀렸습니다. 애당초 이런 상황에서 느끼는 긴장감은 당신 본인의 긴장감이 아닙니다.

사람과 사람은
뇌로 이어질 수 있어요

사람의 뇌에는 의식하고 있는 상대방을 흉내 내는 성질이 있습니다. 이는 뇌 신경세포의 일종인 '거울 뉴런'의 기능에 의한 것입니다. 거울 뉴런은 동작이나 표정과 같은 표면적인 것뿐만 아니라 상대방의 의도나 감정까지 따라 한다고 알려져 있습니다.

앞서 프레젠테이션 상황으로 말하자면, 발표자의 긴장감을 당신의 뇌가 감지한 탓에 자동적으로 같은 상황이 되어버린 것입니다. 슬픈 이야기를 듣고 눈물이 나거나, 코치의 자세를 보며 운동을 익히는 것도 거울 뉴런의 기능에 의한 것입니다.

이러한 반응은 상대방의 표정이나 동작 등으로 기분을 추측하는 것이 아니라 훨씬 더 본능적인 것이므로 흉내 내지 않으려 해도 내 마음대로 되지 않습니다. 또 상대방이 겉으로는 태연한 척해도 긴장감 같은 감정은 그대로 전해집니다. 즉 사람과 사람은 언어로 소통하지 않아도 뇌로 이어질 수 있습니다.

만나지 않아도, 말하지 않아도
친구가 될 수 있어요

많지는 않지만 제게도 친구가 있습니다. 그중에는 20년 가까이 만나지 않은 사람도 있습니다. 만나서 이야기를 나누지 못하는 사람을 친구라고 할 수 있느냐고 하는 사람도 있을 것입니다. 하지만 제게는 모두 친구입니다. 그 이유는 그들과 뇌로 이어져 있기 때문입니다. 저는 언제든 제가 원할 때 그들을 생각할 수 있습니다. 그리고 그때 자연스럽게 기쁨이나 상대방에 대한 존경을 느낍니다. 그러니까 친구인 것입니다.

뇌로 이어져 있는 상대방과는 말이나 몸짓 등으로 소통을 취할 필요가 없습니다. 그렇게 하지 않아도 감정을 직접 주고받을 수 있기 때문입니다. 뇌의 연결은 쌍방입니다. 예를 들어 제가 친구 A를 떠올려서 존경이나 호의를 느낀다면 친구 A가 저를 떠올렸을 때에도 같은 일이 일어납니다. 제가 친구 A를 생각한 것은 친구 A가 저를 생각해서 그 마음이 제 뇌에 전달되었기 때문일 가능성도 있습니다.

서로의 마음을 만나서 말로 전하지 않아도 상대방에 대한 마음만 있으면 만나지 않아도 언제든지 이어질 수 있습니다. 머릿속으로 '누군가'를 떠올려보세요. 그때 당신의 마음이 따뜻해진다면 그 사람은 틀림없이 친구입니다. 반대로 답답하다면 아무리 자주 만나고 친하게 지내는 사람이라도 친구라고는 할 수 없습니다.

참고로 이때 상대방이 당신을 어떻게 생각하는지는 신경 쓸 필요가 없습니다. 상대방의 마음은 당신이 그 사람을 떠올린 순간에 전해졌을 테니까요. 당신이 친구라고 말할 수 있다면 그 사람은 당신의 친구입니다.

—

떠올렸을 때 친구라고 생각되는 사람이 바로 당신의 친구입니다.

:

진심으로

서로 이해하는 친구가

정말 있을까요?

· · ·

친구라고 해도 될 만한 사람이 있으면 그 사람을 만나고 싶다는 생각이 들 것입니다. 만나면 당연히 즐거울 테고, 서로의 마음을 이해하여 대화가 잘 통할 테고 그렇게 우정이 한층 더 깊어질 것이라 여기기 때문입니다. 하지만 만나서 대화하는 것이 꼭 긍정적으로 작용하지만은 않습니다. 왜냐하면 마음을 말이나 몸짓으로 전할 때 어긋날 수 있기 때문입니다.

이런 장면을 한 번 상상해보세요. 약속 장소인 카페에 갔더니 친구 A는 이미 창가 테이블에서 당신을 기다리고 있습니다. 인상을 잔뜩 쓴 채로 말입니다. 당신이 밝은 목소리로 말을 걸자 A는 얼굴을 들었지만 왠지 표정이 어둡습니다. 그때 당신은 어떤 생각이 들까요? '내가 기다리게 해서 화난 걸까?'라는 생각으로 마음이 약해진 당신은 A의 비위를 맞추게 됩니다. A가 좋아할 만한 이야깃거리를 꺼내거나 A가 하는 말에 크게 맞장구칠 것입니다. 함께 보내는 시간이 즐거웠으면 해서, A에게 미움받기 싫어서 말입니다.

저자세로 나오면 오히려 좋지 않아요

상대방의 비위를 맞추는 행동은 인간관계를 망치는 것밖에 되지 않습니다. 어느 한쪽이 비위를 맞추게 되는 순간, 두 사람의 관계는 우정이 아니라 서열 관계로 바뀌기 때문입니다. 서열이 생기면 지배당하는 쪽(비위를 맞추는 쪽)은 상대방의 눈치를 보며 계속 긴장하게 됩니다.

비위 맞추기는 백해무익입니다. 아무리 티를 내지 않아도 당신의 긴장감은 상대방에게 전해집니다. 누구나 금세 터질 듯한 시한폭탄 취급을 받으면 기분이 좋지 않습니다. 대개의 경우 지배하는 쪽은 비위를 맞춰주는 것을 기뻐하기는커녕 상대방이 눈치를 보면 볼수록 바보 취급을 당한다고 받아들입니다.

우정을 확인하려고 하는 행위가
우정을 망쳐요

A의 기분이 좋지 않아 머릿속으로 다져진 우정이 깨지게 되었습니다. 하지만 기분이 안 좋아 보인다고 당신이 멋대로 판단한 것입니다. 실제로 A는 햇빛이 눈부셔서 눈살을 찌푸리고 있었을지도 모르고, 속이 안 좋아 표정이 어두웠을 수도 있습니다. 진실은 A밖에 모릅니다.

타인의 감정을 제 멋대로 추측할수록 사실과 어긋나는 경우가 많습니다. 작은 어긋남을 회복하려다가 어긋남이 한층 더 커지기도 합니다. 머릿속에서 느낀 우정은 확실히 존재합니다. 그러니 상대방에게서 직접 말이나 몸짓으로 굳이 확인할 필요가 없습니다.

—

머릿속으로 느낀 우정은 진짜입니다.
말이나 몸짓으로 확인할 필요는 없습니다.

'알고 있다'라는 착각에서
벗어나세요

스테레오 타입

우리는 직업을 듣기만 해도 어떤 이미지를 떠올립니다. '은행원'이라고 하면 성실하고 꼼꼼하며 흰색 셔츠에 정장 차림이 떠오릅니다. '방송국 PD'라고 하면 밝고 붙임성이 좋고 복장은 화려하며, 어깨에 스웨터를 걸치고 있는 차림이 떠오릅니다. 이처럼 일반적으로 떠오르는 이미지를 '스테레오 타입'이라고 합니다.

우리가 '알고 있다.'고 생각하는 것은 사실 선입견인 경우가 적지 않습니다. 선입견이 있어도 되지만 한편으로 '아닐 수도 있다.'고 의심해보는 것도 중요합니다. 지각하면 게으른 사람, 인상 쓰면 화를 내고 있다고 단순히 단정해버리면 사람이나 사물의 본질이 보이지 않게 되는 경우도 있기 때문입니다.

:

공감할 수 있는 사람은
퍼스널 수치로 알 수 있어요

• • •

세 사람이 같은 로맨스 영화를 보고 다음과 같은 감상평을 말했습니다.

- A : "정말 좋은 영화였어요. 마음이 힐링됐어요."
- B : "너무 억지스러웠어요. 우연한 재회가 너무 많았고, 애당초 주인공이 대기업 고위급인데 매일 정시 퇴근인 게 말도 안 되고요."
- C : "변호사 역할을 했던 배우, 소속사가 ○○○죠? 연기 잘하고, 작년에 개봉한 영화에서는 액션도 했죠. 아마 감독은…."

만약 이 세 사람이 서로 대면한 상태에서 감상평을 말한다면 아마 대화가 이어지지 않고 그다지 이야기꽃이 피지 않을 것입니다. 사물을 받아들이는 방법이나 생각하는 방법은 사람마다 다릅니다. 영화를 본 세 사람의 감상평에는 정답도 오답도 없습니다. 다만 공감대라는 관점으로 볼 때 자신과 생각이 너무나도 다르면 사실 맞장구치기 어렵습니다.

A가 "참 좋은 영화였다." 하고 여운에 잠기고 싶을 때 다른 사람이 영화 설정이나 스토리 전개에 트집 잡는 소리를 하거나 출연 배우에 관해 상세한 정보를 말하면 A의 기분이 어떨까요? 모처럼 감상에 젖어 좋았던 기분이 엉망이 되고 조금 김이 빠지지 않을까요? 그보다는 "맞아, 나도 울컥했어. 특히 그 공원 장면에서…"처럼 맞춰주면 서로 공감할 수 있어서 즐거울 것입니다.

사물을 받아들이는 방법이 비슷할수록 공감하기 쉬워요

친구를 사귈 때 포인트 중 하나가 상대방과의 공통점입니다. 나와 공통점이 있는 사람과는 공감하기 쉽습니다. 직장, 취미, 고향, 지인 등 뭐든 공통점이 될 수 있습니다. 그중 가장 중요한 공통점은 '사물을 받아들이는 방법'입니다. 사물을 어떤 각도에서

보는지, 어떤 것을 느끼는지, 어떻게 생각하고 얼마나 깊이 파고드는지가 비슷할수록 서로 공감하기 쉬워집니다.

공감하기 쉬운 상대라면 함께 있어도 과도하게 긴장하는 일이 없기 때문에 대등한 관계를 유지하기 쉽습니다. 즉 친구가 되기 쉽습니다. 그렇다면 '사물을 받아들이는 방법'이 자신과 비슷한 상대를 어떻게 찾으면 좋을까요?

퍼스널 수치는 마음에 물어보기만 해도 알 수 있어요

자신과 잘 맞는 친구를 찾으려면 우선 사물을 받아들이는 경향을 수치화합니다. 이것이 '퍼스널 수치'입니다. 퍼스널 수치는 자신의 마음에 물어보기만 해도 알 수 있습니다. 마음을 진정시키고 '나의 퍼스널 수치는 몇일까?' 하고 스스로에게 물어보세요. 이때 떠오른 숫자가 당신의 퍼스널 수치입니다. 자신이 없을 때는 정말 그 숫자가 맞는지 다시 물어보세요. 자신이 납득할 수 있을 때까지 몇 번이고 물어봐도 됩니다.

그다음에는 친구가 되고 싶은 A의 퍼스널 수치를 나 자신에게

'A의 퍼스널 수치는 몇일까?' 하고 물어보세요. 마음속에 떠오른 숫자가 그 사람의 퍼스널 수치입니다. 두 사람의 수치 차이가 작을수록 사고방식이 비슷해 공감하기 쉽습니다.

퍼스널 수치는 어디까지나 자신과 상대방의 '차이'를 알기 위한 수단입니다. 자신을 기준으로 얼마나 비슷한지를 나타내는 것으로, 숫자의 절대치가 클수록(또는 작을수록) 좋은 것은 아닙니다.

친구가 되고 싶은 사람의 퍼스널 수치를 생각해봄으로써
'공감하기 쉬운 상대'인지를 알 수 있습니다.

：

퍼스널 수치 차이는
문화의 차이예요

· · ·

　가까운 사람을 몇 명 떠올려보세요. 상대방을 잘 알지 못해도 어쩐지 잘 맞는 사람과 잘 안 맞는 사람이 있지 않은가요? 인상은 그 사람과 뇌로 이어져 있기 때문에 생깁니다. 그 사람을 떠올리기만 해도 뇌와 연결되어 상대방의 감정이나 생각이 전해집니다. 상대방과 공감대가 클수록 자신과 잘 맞는다고 여깁니다.

　실제로 얼굴을 보거나 말로 확인하려고 하면 의식적인 판단이 개입되기 때문에 많은 어긋남이 발생합니다. 하지만 뇌만 연결된 상태라면 불필요한 정보가 들어오지 않기 때문에 잘못 판단할 걱정이 없습니다. 나뿐만 아니라 타인의 퍼스널 수치를 나 자신의 마음에 물어보는 것도 이 때문입니다.

　'A의 퍼스널 수치를 알고 싶다.'라고 생각한 순간, 당신과 A의 뇌가 연결됩니다. A가 어떤 사고와 정서를 가지고 있는지가 당신의 뇌에 순간적으로 전해집니다. 이에 대해 자신이 어느 정도 공감할 수 있는지, 그 대답이 A의 퍼스널 수치에 반영됩니다.

A를 만나고 이야기를 나눈 후에 퍼스널 수치를 내려고 하면 정확한 수치를 얻을 수 없습니다. 눈앞에 있는 A의 모습에 의식적인 판단이 더해져서 오차가 생기기 때문입니다.

퍼스널 수치의 차이는 주거지의 차이와 같아요

만난 지 얼마 되지 않은 사람과 호흡이 맞고 안 맞고를 느끼듯이, 누군가와의 공감대가 어느 정도일지는 본래 첫눈에 알아볼 수 있는 법입니다. 그럼에도 불구하고 굳이 퍼스널 수치로 나타내려는 것은 상대방과의 차이를 쉽게 실감하기 위해서입니다. 함께 있어도 별로 불편하지 않은 A와 어쩐지 불편한 B라는 친구가 있을 경우 나와 A, B의 퍼스널 수치를 내보면 A와 내가 더 숫자가 가깝습니다.

퍼스널 수치의 차이는 '주거지의 차이'라고 생각하면 이해하기 쉽습니다. 산골짜기에 사는 사람과 바닷가에 사는 사람의 문화는 상당히 다릅니다. 서로의 생활에 대해서는 모르는 면이 더 많을 것입니다. 물론 상상해볼 수는 있지만 한계가 있습니다.

예를 들어 산골짜기에 사는 사람은 '바닷가 생활은 맛있는 생선이 있고, 해양 스포츠를 즐길 수 있다.' 정도로 생각할 것입니다. 바닷바람 때문에 빨래가 잘 마르지 않는다거나 바다에서 놀고 난 뒤 집의 욕실이 모래투성이가 되어 청소하기 힘들다는 것까지는 생각이 미치지 못합니다.

하지만 고원에서의 생활이라면 어느 정도 정확하게 떠올릴 수 있을 것입니다. 산에 사는 사람으로서는 바닷가 생활보다 고원 생활이 자신의 문화와 더 가깝기 때문입니다.

자신과 퍼스널 수치의 차이가 작은 사람은 자신과 비슷한 문화를 가진 사람입니다. 차이가 큰 사람은 자신과는 다른 문화를 가진 사람입니다. 퍼스널 수치의 차이가 작은 A는 당신과 별 다를 바 없는 생활을 하고 있기 때문에 공통점이 많아 공감하기 쉽습니다. 하지만 B의 생활은 당신에게는 미지의 영역입니다. 공통점도 거의 없으니 공감할 일이 적은 것이 당연합니다.

수치화함으로써 타인과의 차이를 재인식할 수 있어요

알고 있는 듯해도 잊기 쉬운 것이 '나와 같은 사람은 없다.'는 사실입니다. 상대방과의 차이를 '숫자'로 나타냄으로써 자신과의 차이를 재인식할 수 있습니다. 퍼스널 수치의 차이가 클수록 '나는 상대방을 모른다.'라는 의미입니다.

타인에 대해서 알고 있다는 생각은 환상에 지나지 않습니다. '바다의 삶 = 맛있는 생선과 해양 스포츠를 즐길 수 있음'과 같이 스테레오 타입에 부합시켜 아는 척하는 경우도 많습니다.

퍼스널 수치를 내보면 자신과 다른 사람의 차이를 알 수 있습니다.

:

문화가 다른 상대방과
친해지는 방법을 알려줄게요

· · ·

　자신과 비슷한 문화를 가진(퍼스널 수치 차이가 작은) 상대와는 공감하기 쉽고 친구가 되기도 쉽습니다. 그렇다면 자신과 전혀 다른 문화를 가진(퍼스널 수치 차이가 큰) 상대와는 친해질 수 없는 걸까요?

　꼭 그런 것은 아니지만, 퍼스널 수치의 차이가 큰 사람과 만나자마자 자연스럽게 친해지는 경우는 거의 없습니다. 문화가 다르면 같은 것을 보거나 같은 체험을 해도 견해나 사건 대처법이 서로 다릅니다.

　예를 들어 당신과의 약속에 A가 지각을 했습니다. A는 아무 말 없이 당신을 10분 넘게 기다리게 해놓고도 태연한 얼굴로 "지하철이 늦게 왔지 뭐야."라고 말했습니다. 혹시 A의 태도에 화가 났나요? 그렇다면 화가 난 이유를 한 번 생각해보세요.

늦게 온 주제에 사과하지 않아서? 늦은 것은 자신 탓이 아니라며 뻔뻔하기 때문에? 화가 난 이유는 A의 언동이 '아무리 자기 탓이 아니어도 지각하면 사과해야 한다.'라는 사고방식에 맞지 않아서일 것입니다. 그런데 이 사고방식이 꼭 옳은 것일까요?

사실 당신이 옳다고 생각하는 일은 '당신이 속하는 문화' 속에서의 가치관에 지나지 않습니다. 당신이 A에게 화가 난 것은 '남도 자신과 같다.'라는 믿음이 있기 때문입니다. 하지만 문화가 다르면 옳음이나 상식도 달라집니다.

상대방과의 차이를 받아들이고 다른 문화에 관심을 가지세요

타인과 접할 때는 늘 '나와는 다른 사람'이라는 점을 잊지 말아야 합니다. 이 사람과 나는 다른 문화에 속해 있고, 사물을 느끼고 생각하는 방식, 상식 등 오만 가지가 다름을 의식해야 합니다. 그렇게 생각하다 보면 지각한 A에게 분노보다 관심이 생길 것입니다. '사과하지 않다니 믿을 수 없어!'가 아니라 '지각했는데 왜 사과하지 않지?'라고 생각하게 되는 것입니다.

관심이 생기기 시작하면 A를 관찰하게 되고 조금씩 A의 문화를 알게 됩니다. 상대방이 그렇게 행동한 이유나 사물을 대하는 사고방식이 보이기 시작하면 공감대도 늘어납니다. 이때 주의해야 할 것은 상대방을 바꾸려고 하지 않는 것입니다. 'A의 생각은 틀렸으니까 옳은 방향으로 이끌어줘야지!'와 같이 생각하는 것은 자신과 타인의 차이를 인식하지 못한 증거입니다.

자신과 다른 문화에 관심을 가지고 알려고 하는 자세, 자기 문화와의 차이를 포함해서 모든 것을 그대로 인정하는 자세로 상대방을 대하면 퍼스널 수치가 크게 차이 나는 사람과도 친구가 될 수 있습니다.

자신과는 다른 문화를 가진 상대방과 친해지는 비결은
상대방의 문화에 관심을 가지는 것입니다.

상대방과의 연결고리를 만드는
'예스 세트'

타인과의 거리를 좁히기 위해서는 무의식으로 이어지는 것이 가장 좋습니다. 상대방과 연결고리를 만드는 데는 '예스 세트'가 도움이 됩니다.

질문에 "예스."라고 대답할 때 우리는 이 사람은 자신을 이해해줬다고 생각합니다. 자신을 이해하고 공감해주는 상대가 곧 자신에게 필요한 상대입니다. 그러니까 "예스."라고 대답할 때마다 질문한 상대방과의 신뢰 관계가 조금씩 강해집니다.

예스 세트란 상대방이 계속해서 "예스."라고 대답할 만한 질문을 던지는 것입니다. 이때 "예스."라고 말하게 하는 데 의미가 있으므로 질문의 내용은 뭐든 좋습니다.

날씨 참 좋네. / 응.

오늘 목요일이지? / 응.

헤어스타일 바꿨구나? / 응.

친구는 있지만
본심을 말할 수 있는 사람이 없어요

혼자 품고 있기 힘든 일, 혼자 생각해도 해결책을 찾지 못하는 일에 대해서는 누군가에게 의논하고 싶어지는 법입니다. 그렇다면 누구에게 의논해야 할까요? 일반적으로 '같은 고민을 품고 있는 사람'에게 말하면 좋습니다. 같은 일로 고민하거나 힘들어하면 아픔을 공유할 수 있고 내 일처럼 조언해주기 때문입니다.

하지만 같은 고민을 가진 사람에게 고민 상담을 해도 꼭 잘된다는 보장은 없습니다. 공통점이 있는 것이 오히려 서로 '내가 더 힘들어.'라는 마음을 품게 되어 상황이 더 안 좋아질 수 있기 때문입니다.

예를 들어 '열심히 하는데도 영업 성적이 오르지 않는다.'라는 고민을 털어놓았을 경우, 업무 성적이 변변치 못하다는 부분에서는 서로 공감을 나눌 수 있을지도 모릅니다. 하지만 그 말에 동의한 후에 이런 말이 이어지는 경우도 많습니다.

"그렇지만 너는 나보다 낫지. 왜냐하면 상사가 잘해주잖아."

"그렇지만 나보다 복 받았어. 네 회사는 연봉이 높잖아."

이렇게 되면 고민을 공유하려다가 오히려 상처를 받게 됩니다. 이런 일이 일어나는 것은 상대방이 당신을 질투하기 때문입니다. 그리고 당신은 은연중에 상대방에게 질투를 받을지도 모른다고 지레짐작하고 '이 사람에게는 본심을 말할 수 없다.'라며 마음을 닫게 됩니다.

속마음을 말할 수 없는 이유는 공감해주지 않을 것 같아서예요

고민 상담이라고 할 정도로 심각한 일이 아니더라도 속마음을 말할 수 없어 답답한 적이 있지 않은가요? 사소한 잡담을 나누다가도 모두 동의하는데 혼자만 동조하지 못한다거나 상대가 아무 생각 없이 한 말을 비판이나 험담으로 받아들이기도 합니다.

물론 자신과 관련된 모든 사람에게 속마음을 드러낼 필요는 없습니다. 하지만 이것저것 눈치 보지 않고 속마음을 말할 수 있는 곳이 한 군데도 없으면 힘든 법입니다. 반대로 말하자면 본심으로 접할 수 있는 친구가 하나라도 있으면 스트레스는 크게 해소됩니다.

속마음을 말할 수 없는 이유는 상대방이 질투할 것 같고 공감해주지 않을 것 같기 때문입니다. 대부분의 경우 그 감각은 맞습니다. 지금 속마음을 털어놓을 친구가 없다고 느끼는 것은 아마 친근하게 지내는 사람과 당신의 퍼스널 수치 차이가 크기 때문입니다. 말하자면 지금 당신은 이질적인 커뮤니티 속에서 멈춰 있는 '미운 오리 새끼'와 같은 상태인 것입니다.

공감할 수 있는 상대에게는
자연스럽게 속마음을 말할 수 있어요

우선은 가까이 지내는 사람의 퍼스널 수치를 자신의 마음에 다시 물어보세요. 그 사람들과 당신의 수치에 어느 정도 차이가 있는 경우에는 지인 중에 친구가 아닌 사람의 퍼스널 수치도 내보세요.

그중에 당신과 가까운 수치를 가진 사람은 없나요? 친구와 당신의 수치가 가까운 경우에는 자신의 퍼스널 수치를 다시 확인해보기 바랍니다. 간혹 자신의 수치를 잘못 잡은 경우도 있습니다.

나와 가까운 수치를 가진 사람이 어디에도 없는 경우에는 자신보다 큰 수치를 가진 상대방에게 눈을 돌려보세요. 퍼스널 수치를 낼 때 상대방에 대한 존경이 있으면 수치가 커지는 경향이 있습니다. 우정의 기반은 서로에 대한 존경입니다. 즉 당신이 존경하는 상대와는 친구가 될 확률도 높습니다.

미운 오리 새끼는 용기를 내서 스스로 백조 무리에 다가가 받아들여질 수 있었습니다. 자신이 백조인 것을 깨닫지 못한 미운 오리 새끼는 자신의 퍼스널 수치를 낮게 잡은 사람과 같습니다. 퍼스널 수치의 차이는 잠시 잊고, 존경할 수 있는 상대방, 대화를 나누고 싶은 상대방에게 먼저 다가가세요. 퍼스널 수치가 가깝고 비슷한 문화를 가진 상대방에게는 속마음을 털어놓을 수 있습니다. 기분 좋게 대화할 수 있는 곳이 바로 당신의 진정한 안식처입니다.

—

속마음을 말할 수 없는 이유는 당신이 다른 문화에 속해 있기 때문입니다. 퍼스널 수치를 재검토해서 진정한 안식처를 찾으세요.

거절당할까봐 무서워서 말을 못 꺼내요

　　해보기도 전에 무리라고 단정 짓고 행동에 옮기지 않는 이유는 대개 자존감이 낮기 때문입니다. 잘한 일보다 못한 일이 주목받아 혼나거나 자신을 부정하는 말을 자주 들으면 어느 순간 '나는 쓸모없는 인간'이라고 생각하게 됩니다. 그렇게 되면 자존감이 떨어져 필요 이상으로 스스로를 깎아내리면서 '거봐, 역시 나는 뭘 해도 안 돼.', '나는 능력이 없으니까 노력해도 소용없어.' 하고 자기 부정을 거듭하게 됩니다.

　　막상 하면 잘할 수 있을 텐데 도전할 시도조차 하지 못하는 상태를 '학습성 무력감'이라고 합니다. 학습성 무력감은 친구와의 관계에도 영향을 미칩니다. 'A에게 전화하고 싶다.', 'A와 같이 밥 먹고 싶다.'라고 생각하면서도 이내 'A가 귀찮아할 거야.', '나와 밥을 먹어도 A는 즐겁지 않을 거야.', 'A는 인기가 많으니까 약속이 많아서 바쁘겠지.' 같은 생각이 머릿속에 맴돌아 말을 걸 용기를 내지 못합니다.

연락을 주고받는 데 거부감이 있어요

누군가와 연락을 주고받을 수는 있어도 상대방과의 관계에 거부감을 느낄 때가 있습니다. 당신은 연락하는데 상대방은 연락해 오지 않거나 만나면 재미있지만 연락을 받은 순간에는 조금 귀찮은 경우도 있습니다.

자기가 먼저 연락하지 않는 상대방은 당신에게 질투하고 있을 가능성이 있습니다. 먼저 아무것도 하지 않는 것도 일종의 공격입니다. 또 상대방에게 연락을 받았을 때 불쾌감이 느껴지는 이유는 그 사람이 당신을 질투하고 있어서 공격할 것 같다고 여기기 때문입니다.

자신의 답답한 기분을 억누르고 상대방의 기대에 부응하려는 것은 결코 대등한 관계라고 할 수 없습니다. 두 사람이 친구라면 연락을 하는 것도 받는 것도 즐거워야 합니다. '왜 항상 내가 먼저 연락해야 하지?', '조금 짜증나고 귀찮지만 참자.' 하고 느낄 일도 없어야 합니다.

진정으로 연락하고 싶은 상대와는 언젠가 자연스럽게 이어질 수 있어요

연락하고 싶은 사람은 미래의 친구 후보입니다. 그 사람에게 관심이 가고 떠올렸을 때 호감이 생긴다는 것은 상대방도 당신에 대해 같은 마음을 느끼고 있다는 증거입니다. 그런 상대는 억지로 초대하지 않아도 됩니다. 계속 이어져 있으면 언젠가 좋은 타이밍이 찾아옵니다.

자연스럽게 당신이 먼저 말을 걸 수도 있고, 상대방에게서 연락이 올 수도 있습니다. 많은 사람이 모인 자리에서 둘만 대화를 나눌 기회가 올 수도 있습니다. 연락하고 싶은데 용기가 나지 않는 경우에는 '언젠가 초대하고 싶다.'라고 생각하는 것만으로도

충분합니다. 급하게 행동하지 않아도 진심이 담긴 바람은 반드시
이루어질 것입니다.

연락할 수 없다면 무리하지 않아도 됩니다.
친구가 될 상대라면 자연스럽게 기회가 찾아옵니다.

행동하지 않는 공격법도
있어요

수동 공격

우리는 질투가 발동하면 상대방을 공격하게 됩니다. 자신이 먼저 적극적으로 시비를 거는 것만이 공격이 아닙니다. 일부러 아무것도 하지 않는 공격법도 있습니다. 이것을 '수동 공격'이라고 부릅니다.

"연락할게."라고 말해놓고 연락하지 않는다거나 부탁해놓은 것을 잊어버린다거나 하는 일이 그렇습니다. 당한 사람은 기분이 나쁘지만, 대놓고 공격해온 것은 아니므로 최종적으로는 '내 착각인가?', '내가 나쁜가?' 하고 생각하게 됩니다.

수동 공격을 받고 있다고 느낄 때에는 자책하지 마세요. 마음약해지지 말고 그 사람이 자신에게 질투하고 있다고 생각하세요. 그것만으로 공격이 멈추는 경우도 있습니다.

조금 친해지면 상대방의 싫은 점만 눈에 보여요

직장, 아이 친구 엄마 모임, 동호회 등 불특정 다수의 사람이 모이는 곳에서 '진심으로 신뢰할 수 있는 친구를 찾아야겠다.'라고 생각하는 사람은 적을 것입니다. 그보다는 '마음을 터놓을 수 있는 정도의 친구가 빨리 생겼으면 좋겠다.'라고 생각하는 법입니다.

그렇기 때문에 서로를 잘 알기도 전에 어쩌다가 친해지는 경우가 드물지 않게 있습니다. '적극적으로 말을 걸어줘서', '싹싹하고 대화가 잘 통해서' 같은 계기로 친해집니다. 그러다가 시간이 지나면 서서히 첫인상과는 다른 면이 보이게 됩니다. 나중에 알게 된 면이 자신의 예상이나 기대와 다르면 '그런 사람인 줄 몰랐어.'

하고 느끼게 됩니다.

상대방을 알아가는 과정에서 의아함이 드는 일이 많다면 그 사람과는 애당초 문화가 다를 가능성이 큽니다. 처음에 '친구가 될 수 있을 것 같다.'라는 마음이 든 것은 진정한 의미에서의 존경이나 호의가 아니라 '혼자 있기 싫어서', '누구든 좋으니까 어울리고 싶어서' 등의 마음이 아니었을까요? 일단은 마음을 가다듬고 상대방의 퍼스널 수치를 스스로에게 물어보세요.

퍼스널 수치로 자신과의 차이를 알 수 있어요

자신과 상대방의 퍼스널 수치에 격차가 있다고 해서 낙심할 필요는 없습니다. 퍼스널 수치의 차이는 상대방과 자신에게 얼마만큼 문화 차이가 있는지를 보여주기 위한 기준입니다. 문화가 가까우면(수치의 차이가 작으면) 친해지기 쉬운 것은 사실이지만, 문화 차이가 크다고 해서 친해질 수 없는 것은 아닙니다. 퍼스널 수치의 차이를 알았으면 우선은 서로의 차이를 인정하는 것이 중요합니다. 그후 상대방을 알아가려는 노력을 해야 합니다.

그룹으로 만나는 경우, 자신만 문화가 다르면 불편하게 느껴질 수 있습니다. '모두 같아야 한다.'라는 다수의 생각에 동조를 강요 받아 힘들 때도 있을 것입니다. 하지만 해당 그룹에 어울리고 싶 어서 억지로 자신을 바꾸려 하거나 반대로 그룹에 있는 다른 사람 을 바꾸려고 하는 것은 역효과입니다.

서로의 차이를 인정하는 것도 공감이에요

서로 공감하고 친구가 되었다고 해서 같은 가치관을 갖고 있다 고 볼 수는 없습니다. 타인과 자신은 다른 사람입니다. 온갖 면에 서 다른 것이 당연합니다. 가령 퍼스널 수치가 가깝고 비슷한 문 화에 속해 있다고 해도 '나와 비슷한 사람'은 아닙니다. 사물을 생 각하는 방식이나 받아들이는 방법의 차이가 비교적 작고 감각적 으로 공유할 수 있기 때문에 일일이 설명하지 않아도 알 수 있고 잘 통하는 일이 많을 뿐입니다.

친구에 대한 불쾌감의 원인은 자신과의 차이 자체는 아닙니다. 짜증이나 답답함이 발생하는 것은 서로의 차이를 깨닫지 못했거나 그 차이를 알면서도 서로를 이해하려는 마음이 없기 때문입니다. 타인도 자신과 같다고 생각하다 보면 자신의 상식, 가치관 등을 의심하지 않습니다. 그 감각을 남에게 밀어붙이려고 하니까 주위와 엇갈리거나 위화감이 생기는 것입니다.

처음에는 좋은 사람인 줄 알았던 상대방에게서 싫은 점이 자꾸만 눈에 보이기 시작하는 것은 상대방의 태도가 변해서가 아닙니다. 당신이 상대방을 조금 냉정하게 볼 수 있게 되고, 자신과의 차이를 깨달았을 뿐입니다.

친구 사이라고 해서 가치관이나 정서가 같을 필요는 없습니다. 그러니까 우선은 상대방을 알려고 해보세요. 상대방이 어떻게 생각하고 어떤 행동을 취하는지를 알게 되면 자연스럽게 공감할 수 있게 됩니다. 공감이란 '상대방과 똑같이 느끼는 것'만을 가리키지 않습니다. '나는 이렇게 생각하지만 당신은 그렇게 생각하는구나.' 하고 차이를 인정한 후에 서로의 생각을 인정하는 것도 '공감'입니다.

—

상대방에 대한 답답함은 나와의 차이를 깨달았다는 증거입니다.
서로의 차이를 인정하고 상대방을 알아나가세요.

그룹 내에서 나만 항상 귀찮은 일을 강요받는 것 같아요

    거의 정해진 멤버로 구성된 그룹 내에 서열 관계가 만들어진 경우도 드물지 않습니다. 겉으로는 친하게 지내고 서로 좋은 친구라고 생각해도 무의식중에 지배하는 쪽과 지배당하는 쪽으로 되어 있는 경우가 있습니다.

    사람은 내게 없는 장점을 가진 상대방을 질투하기 마련입니다. 이 경우의 '질투'란 소위 샘이 아니라 상대방을 시샘하고 망가트리고 싶어 하는 강한 감정입니다. 누군가가 당신에게 불쾌한 말이나 행동을 하고 부당한 괴롭힘을 가하는 것은 대개 질투가 원인입니다. 그룹 내에서 '마운팅'이 이루어져 서열 관계가 생겨버리는 것도 질투 때문입니다.

서열 관계는 마운팅을 피하기 위해서 생기는 경우도 있습니다. 귀찮은 일을 당신이 항상 자진해서 떠맡을 경우, 나만 손해를 본다고 느낀다면 당신은 지배당하는 쪽이 된 것입니다. 무엇을 해달라고 노골적으로 명령받는 일이 없어도 그렇습니다.

당신은 왜 하고 싶지도 않은 일을 스스로 떠맡아버릴까요? 그것은 주변에서의 질투를 예측하기 때문입니다. 질투받고 공격당하는 것을 막기 위해 당신은 스스로 '약자'를 자처하는 것입니다. '나는 모두를 위해서 잡일도 흔쾌히 할 정도의 사람이야. 그러니까 공격해봤자 소용없거든.'이라고 강조하는 것입니다.

질투 공격을 피하고 싶다면
약자로 있기를 그만두세요

약자를 자처하는 것은 불에 기름을 붓는 식의 효과밖에 없습니다. 자기보다 아래인(약한) 주제에 자기보다 뛰어난 장점이 있는 사람은 질투의 대상이 되기 때문입니다. 즉 뛰어난 점이 있는 이상 '약한 척', '못하는 척'은 역효과입니다. 오히려 상대방의 질투심을 불타오르게 할 뿐입니다.

질투는 동물적인 본능이며 일종의 '발작'과 같습니다. 그만두려 해도 이성으로 그만둘 수 있는 것이 아닙니다. 그러니까 "질투해서 나를 공격해오는 A가 나빠!"라고 말해봤자 해결로 이어지지 않습니다. 상황을 바꾸기 위해서는 내가 바뀌는 수밖에 없습니다. 타인의 질투를 막기 위해서는 '약자'로 있는 것을 그만두는 것이 가장 빠릅니다. 약자가 아니게 되면 아무리 뛰어난 점이 있어도 건방지다고 여겨지지 않습니다. 오히려 당연하다고 여겨지게 됩니다.

그룹 내에서 손해 보는 역할을 강요받는다고 느낀다면 약자인 척을 그만해야 합니다. 하기 싫은 일은 하지 마세요. 자신의 생각을 말하세요. 본래 자신의 모습을 보여주면 질투의 대상이 되지 않아 그룹 내의 인간관계도 변할 것입니다.

—

나만 손해를 보는 것은 약자를 자처하기 때문입니다.
본래의 나로 돌아가면 주변의 태도도 바뀝니다.

상대방을 파괴하고 싶을 정도의
강한 마음

질투 발동

상대방이 부러워서 상대방을 미워하거나 원망하는 것이 '질투'입니다. '선망'은 부럽다, 좋겠다와 같은 감정인 데 반해, 질투는 상대방을 파괴하고 싶은 충동을 동반합니다. 질투는 일종의 발작과 같습니다. 질투를 느끼는 자신 속에서 파괴적인 인격이 깨어나 상대방을 공격하게 됩니다. 이는 동물적인 본능이므로 이성으로 컨트롤할 수 없습니다.

다만 우리가 질투하는 것은 나보다 아래라고 느끼는 상대뿐입니다. '나보다 수준도 낮으면서 뛰어난 장점이 있어.' 하고 느꼈을 때 질투 발동이 일어납니다. 나보다 '위'인 사람은 뛰어난 점이 있어도 당연하다고 생각하기 때문에 질투의 대상이 되지 않습니다.

특별한 이유 없이
사람들에게 미움받는 것 같아요

'나, 그룹 내에서 붕 떠 있나?', '혹시 다 나를 별로 안 좋아하나?' 하고 느꼈다면 아쉽게도 착각이 아닙니다. 하지만 당신은 미움받고 있는 것이 아니라 질투당하고 있는 것입니다. 위화감의 정체는 상대방의 질투이므로 자신이 미움받고 있다고 상처 받을 필요는 없습니다.

'미움받고 있을지도 모른다.'라고 느끼는 것은 주변 사람들의 태도가 '싫어하는 사람을 대할 때의 태도'와 닮았기 때문입니다. 그렇지만 조금 마음을 가라앉히고 생각해보세요.

애당초 질투 발동은 '자신보다 아래'라고 생각하는 상대방에 대해 일어납니다. 자신과 비교해서 위 또는 아래라고 느끼는 것은 상대방과의 퍼스널 수치에 나름 격차가 있어서입니다. 퍼스널 수치의 차이는 문화의 차이입니다. 문화가 다른 이상 '싫어하는 사람을 대할 때의 태도'도 같다는 보장은 없습니다.

'미움받고 있을지도 모른다.'라고 생각하면 무심코 주변 사람들의 비위를 맞추게 됩니다. 자신보다 상대방의 기분을 우선해서 다양한 아첨을 하게 됩니다. 하지만 아부는 지배당하는 쪽인 약자가 하는 짓입니다. 약자를 자처함으로써 더욱더 주변의 질투를 부추겨 공격을 받을 수도 있습니다.

순수하게 상대방을 알기 위해 관찰하세요

신경 쓰이는 사람과 자신의 퍼스널 수치를 확인하고 차이가 있음을 의식하세요. 그리고 상대방을 유심히 관찰해보세요. 관찰의 목적은 순수하게 상대방을 아는 것입니다. 좋은 점을 찾을 필요도 없을뿐더러 자신과 비교해서 우열을 가릴 필요도 없습니다.

공평한 시선으로 관찰을 시작한 시점에서 당신과 상대방 사이의 서열 관계는 없어집니다. 당신이 그 사람의 마음에 들도록, 공격당하지 않도록 하는 약자의 태도를 그만둠으로써 주변의 질투도 사라집니다.

주관을 배제하고
사실에만 눈을 돌리세요

누군가를 관찰할 때에는 '객관적인 정보에만 한정하는 것'이 비결입니다. 주관을 넣지 않고 사실만을 모아야 합니다. 나는 학창 시절에 '책상 위에 있는 어항에 대해 아는 정보 모두 적기' 수업을 받은 적이 있습니다. 정보로 인정되는 것은 사실뿐입니다. '어항은 투명한 유리로 만들어졌다.', '빨간 금붕어가 두 마리 들어 있다.'는 정보이지만, '어항이 예쁘다.', '금붕어가 기분 좋게 헤엄치고 있다.'는 정보라 할 수 없습니다. 쉬워 보이면서도 은근히 어려운 게 관찰입니다.

어항을 관찰하는 것처럼 알고 싶은 상대를 관찰합니다. '키가 크다.'가 아니라 '키는 약 165cm'라고 적고, '재수 없게 웃는다.'가 아니라 '내가 농담을 하면 시선을 피하고 한쪽 입꼬리만 올리며 웃었다.'라고 적어야 합니다. 이것을 계속하다 보면 자신이 의식적으로 하고 있던 판단이 제거됨으로써 무의식이 기동합니다.

주관이 개입된 정보를 모으면 상대를 '스테레오 타입'에 끼워 맞추기 쉽습니다. 자신이 그리는 스테레오 타입은 다른 문화에는 통용되지 않을지도 모른다는 대전제를 잊고 '시선을 피하고 한쪽 입꼬리만 올리며 웃음 → 사람을 비웃는 태도 → 기분이 나쁨'이라고 단정해버립니다.

하지만 사실에만 눈을 돌리게 되면 상대방의 진짜 마음이 보이기 시작합니다. 무의식중에 시선을 피하는 것도, 입꼬리를 올리면서 웃는 것도 버릇일 뿐이고, 누구에게나 하는 행위임을 깨달을 수 있습니다.

상대방을 알고 행동의 이유나 사고방식의 경향 등을 파악하기 시작하면 자신과의 차이를 감안한 후에 진심으로 공감할 수 있게 됩니다. 그러면 상대방의 질투가 사라지고 동지로서의 일체감도 느끼게 됩니다.

미움을 받고 있다고 느끼는 것은 주변에서 질투를 받고 있기 때문입니다.
상대방을 유심히 관찰하면 공감할 수 있게 됩니다.

Column

무의식을 기동시켜서
상대방을 알아보세요

신경 쓰이는 사람에 대한 관찰일기

상대방에 대해 알고 싶다면 '관찰일기' 쓰는 것을 추천합니다. 단 일기에는 객관적인 정보만 적으세요. 관찰일기는 상대방의 '장점 찾기'를 하기 위한 것이 아닙니다. 당신이 보고 듣고 알게 된 사실만을 적음으로써 상대방의 문화를 아는 것이 목적입니다.

주관을 섞지 않고 쓰다 보면 자신의 선입견이나 오해를 깨달을 수 있습니다. 그리고 상대방에 관한 사실과 정면으로 맞섬으로써 그 사람의 진짜 모습도 볼 수 있게 됩니다.

일기 쓰기의 예

· 웃음소리가 시끄럽다. → 톤 높은 목소리로 호탕하게 웃는다.

· 통화시간이 길다. → A와 25분 통화했다.

· 네일아트가 화려하다. → 네일아트는 하늘색 바탕에 은색 물방울무늬이다.

2장

'진정한 친구'란
어떤 친구인가요?

:
목적을 위해
친구를 사귀어도 돼요

. . .

직장에서 친하게 지내는 사람은 같은 부서의 동료들일 것입니다. 매일 같이 점심을 먹고, 때로는 퇴근길에 함께 쇼핑을 하거나 술을 마시기도 합니다. 동네에서 친하게 지내는 사람은 아이 친구 엄마들일 것입니다. 어린이집 등하굣길에 마주치면 수다를 떨고, 아이들을 데리고 함께 나들이를 가기도 합니다. 이렇듯 많은 사람이 일상에서 복수의 커뮤니티에 속해 있습니다. 그리고 각각의 상황에서 인간관계가 필요해집니다.

하지만 이러한 커뮤니티는 회사, 육아, 취미, 지역 활동 등 공통의 목적을 위해서 탄생한 것입니다. 자신에게 딱 맞는 친구를 찾고 싶어도 애당초 모수가 한정되어 있고 그와 관련된 사람의 타입이나 생활수준 등도 치우쳐 있는 경우가 많습니다.

일을 위해서, 아이를 위해서라는 목적이 최우선되기 때문에 친구가 될 만한 사람이 없다고 해서 모임에서 빠질 수도 없습니다. 그 자리에 있어야 하는 이상 외톨이는 피하고 싶을 것입니다. 그러니까 함께 있을 수 있는 상대를 원하게 됩니다. 외톨이가 되기 싫어서 만나지만 같이 있어도 그다지 즐겁지 않거나 속마음을 말할 수도 없습니다. 그런 상대를 과연 친구라고 할 수 있을까요?

목적이 있는 관계는
서로 이용하는 관계가 아니에요

직장에서의 관계 맺음은 일상 업무를 원활하게 하기 위해서입니다. 엄마들 모임에서의 관계 맺음은 아이에게 친구를 만들어주거나 정보를 교환하기 위해서입니다.

친구를 갖고 싶다고 생각하면, 먼저 목적이 있는 관계에 의문을 느낄지도 모르겠습니다. '친하게 지낼 수 있는 사람들을 존경할 수 있다거나 공감할 수 있다는 이유로 고른 것은 아니니까 친구라고 할 수 없지 않을까?', '서로 목적을 위해서 이용하는 관계가 아닐까?' 하고 말입니다.

결론부터 말하자면 목적이 있는 관계는 나쁘지 않습니다. 목적은 어디까지나 그 사람과 알게 된 계기, 새로운 친구 후보를 알기 위한 출발점에 지나지 않기 때문입니다.

만나는 사람은 모두 친구라고 생각하세요

우연히 만난 사람과 친구가 되고 싶어도 초면인 상대에게 갑자기 말을 걸어서 친해지는 사람은 많지 않을 것입니다. 대개의 경우 말을 걸기 위해서는 무언가 계기가 필요합니다. 일, 육아와 같은 공통의 목적은 좋은 계기가 됩니다. 우선은 상대방과의 거리를 좁히고 그 사람을 알아보세요. 그 후에 별로 공감할 수 있는 상대가 아니라고 느낀다면 '목적을 위한 만남'으로 선을 그으면 됩니다. 하지만 운이 좋으면 상대방을 알면서 공감할 수 있게 되고 진짜 친구가 될 수도 있습니다.

목적을 위해 친구를 사귀는 데 거부감이 드는 것은 '자신의 모든 것을 털어놓을 수 있는 사람, 사적인 이야기를 할 수 있는 사람이야말로 친구'라고 생각하고 있기 때문이 아닐까요? 친구의 정의는 사람마다 다르겠지만 일상에서 만나는 사람을 모두 친구라고 두루뭉술하게 생각하면 인간관계가 편해집니다. 이 경우 상대방이 당신을 친구라고 생각하는지에 대해서는 신경 쓰지 않아도 됩니다. 당신이 친구라고 인정한 순간부터 그 사람은 당신의 친구입니다.

친구가 되었다고 해서 모두 당신을 이해하고 공감해주지는 않습니다. 공감을 바란다면 자신과 가까운 문화를 가진 상대방을 고르는 것이 정답입니다. 상대방과의 문화 차이를 의식하면서 친구로서의 거리감을 생각해보면 좋습니다.

—

인간관계의 목적은 상대방을 알기 위해서입니다.
우선은 목적을 위해 친구가 되고, 그 후 상대방을 알아갑니다.

:

친구란

비밀을 서로 지켜줄 수 있는

관계예요

・・・

아무리 오랫동안 만나지 못했더라도 상대방을 떠올렸을 때 마음이 따뜻해진다면 그 사람은 당신의 친구입니다. '언제나 뇌로 이어지는 관계'는 어느 정도 서로에 대해서 알고 있는 경우에 성립됩니다.

상대방을 잘 몰라도 떠올렸을 때 좋은 이미지가 동반된다면 그 사람은 당신의 친구 후보입니다. 아직 안면만 튼 정도라고 해도 언젠가 분명히 이어지는 미래의 친구입니다. 이런 상대방과는 퍼스널 수치가 가깝고 비슷한 문화에 속해 있는 경우가 많습니다. 그다지 시간을 들이지 않아도 서로 공감할 수 있게 되고 깊이 만날 수 있는 친구가 될 가능성이 높습니다.

얼굴을 볼 기회는 많지만 일이나 육아 등을 위해 만나는 상대는 목적이 있는 친구입니다. 서로를 필요로 하고 공통의 목적을 위해서 잘 어울려 지낼 수 있습니다. 단 서로 공감할 수 있다는 보장은 없기 때문에 속마음을 털어놓을 만한 관계로는 발전하지 않는 경우도 있습니다.

속마음을 털어놓을 수 있는 사람은 신뢰할 수 있는 사람이에요

'일상에서 만나는 사람은 모두 친구'라고 생각한 경우에도 상대방에 따라 관계의 깊이가 다릅니다. 깊이 만날 수 있고 속마음을 털어놓을 수 있는 친구인지 아닌지를 판단하는 기준은 무엇일까요? 제가 생각하는 기준은 '서로 신뢰할 수 있는가?'입니다. 구체적으로 말하자면 서로 상대방의 비밀을 지켜주는 것입니다.

사람의 속마음을 누구나 받아줄 리는 없습니다. 하고 싶은 말을 솔직하게 했는데 정색한다거나 고민을 털어놓았는데 반응이 싸늘한 일도 일어날 수 있기 때문에 우리는 모든 사람에게 속마음을 털어놓는 모험을 피하는 것입니다. 즉 우리는 속마음이나 본모습을 드러낼 상대를 신중하게 고릅니다.

이때 상대방을 고르는 기준이 되는 것이 '신뢰감'입니다. 이 사람이라면 알아줄 거라고 공감을 바라는 마음에 더해, 이 사람이라면 내가 말한 것을 자신의 마음에 간직해줄 거라는 믿음이 없으면 자신의 '비밀'이라고 할 수 있는 속마음을 말할 수 없을 것입니다.

나도 상대방의 비밀을 지키고 상대방도 내 비밀을 지켜줄 거라고 믿어요

비밀을 지킬 수 있을지 어떨지는 그 사람에게 기본적인 신뢰감이 갖춰져 있는지에 따라 정해집니다. '기본적인 신뢰감이 있으니 내가 한 말을 비밀로 해줄 것이다.'라고 믿는 것입니다. 상대방이 비밀을 지켜주니까 자신도 그 사람의 비밀을 지키려고 합니다. 이렇게 해서 자신과 친구 사이에 '서로 비밀을 지켜주는 관계'가 만들어집니다. 상대방이 자신을 위해서 비밀을 제대로 지켜주는 경험이 쌓임으로써 두 사람 사이의 신뢰감은 더 깊어집니다.

반대로 기본적인 신뢰감이 없으면 어떻게 될까요? 타인의 비밀을 지켜야 하는 상황이 되었을 때 대뜸 상대방을 의심하는 마음이 생겨버립니다. '나는 물론 A의 비밀을 지킬 테지만, A도 내 비밀을 지켜줄까?' 같은 의심이 드는 것입니다. '어차피 A는 비밀을 지켜주지 않을 거야. 그렇다면 내가 먼저 말해버려야지.' 하고 A의 비밀을 폭로해버립니다. 이래서는 신뢰 관계를 쌓지 못할 뿐만 아니라 친구로서 만나는 것조차 어려워집니다.

친구를 사귀고 싶다면 먼저 상대방의 비밀을 지켜주세요. 그리고 상대방도 자신의 비밀을 지켜줄 거라고 믿어주세요. '비밀 유지'야 말로 신뢰의 바탕입니다. 서로에 대한 신뢰감이 있어야 우정이 탄생할 수 있습니다.

비밀을 지켜주는 관계를 쌓아감으로써
타인과의 신뢰감이 더욱 돈독해집니다.

:
친구, 가족, 애인은
애정의 종류가 달라요

· · ·

애인이나 배우자는 있는데 친구를 사귀지 못하는 사람, 가족과는 사이가 좋은데 친구 관계가 좋지 않은 사람이 있습니다. 그럭저럭 인기가 있어서 애인도 사귀고 가족과도 좋은 관계를 구축하고 있으니까 인간관계가 아주 곤란하지는 않습니다. 그런데도 친구는 없습니다. 이유가 뭘까요?

이유는 의외로 간단합니다. 애인이나 배우자, 가족, 친구라는 관계성에 따라 애정의 종류가 달라지기 때문입니다. 애인이나 배우자는 '기브 앤 테이크', 즉 서로 무언가를 주는 것이 애정의 바탕이 되는 관계입니다. 가족, 주로 부모의 자식 사랑은 '자기희생애'로서 자신보다 자식의 마음이나 이익을 우선하는 관계입니다. 친구와는 '서로 지켜주는 사랑', 공감이나 신뢰를 바탕으로 상대방을 위해서 비밀 등을 지킬 수 있는 관계입니다. 애인이나 가족과는 사이좋게 지낼 수 있는데 친구가 없다는 사람은 '서로 지켜주는 사랑'을 주고받는 데 어려움이 있기 때문입니다.

연애 관계는 애정 호르몬이 받쳐줘요

애인과 친구의 큰 차이는 '애정 호르몬'이 나오느냐입니다. 애정 호르몬이란 옥시토신을 말합니다. 타인과의 신뢰 관계를 구축하는 데 옥시토신을 빼놓을 수 없습니다. 연애와 옥시토신 사이에는 깊은 관계가 있습니다. 남녀가 서로 사랑에 빠져 안거나 입맞춤을 하면 옥시토신의 분비량이 늘어난다고 알려져 있습니다. 옥시토신이 늘어나면 타인을 신뢰하거나 타인에게 신뢰를 주기 쉬워집니다. 그 결과 연인과의 관계도 깊어집니다.

연애 감정이 없는 친구와는 함께 지내도 옥시토신의 분비량은 늘지 않습니다. '애정 호르몬'의 힘을 빌릴 수 없기 때문에 금세 관계가 깊어지는 일은 일어나기 어렵습니다.

우정이란 무엇인지를
다시 생각해보세요

친구를 사귀고 싶은데 마음대로 되지 않는다면, 자신이 친구에게 바라고 있는 애정에 대해 다시 생각해보세요. 의외로 애인이나 가족에게 받는 애정을 친구에게 바라는 경우가 많습니다.

주변에 흘러넘치는 정보에 영향을 받아 우정에 관해서도 현실과는 거리가 먼 '스테레오 타입'을 만들어내는 경우도 있습니다. 예를 들어 드라마, 영화, 소설 등에는 다양한 애정의 형태가 그려집니다. 물론 그 대부분은 환상입니다. '남녀의 사랑은 기브 앤 테이크'라고 하지만 애인의 빛나는 미소를 얻기 위해서 매일 호화스러운 데이트를 준비하는 사람은 많지 않습니다.

하지만 우리는 현실적으로 불가능하다는 것을 알면서도 아름답게 꾸며진 이미지를 마음에 담아버리기 쉽습니다. 우정에 대해서도 마찬가지입니다. '친구라면 애인과 헤어진 나를 위해 함께 울어줄 것이다.', '내가 힘들 때는 무조건 위로해줄 것이다.' 같은 '이상적인 우정'에 해당하는 사람이 주변에 없다고 해서 친구가 없는 것은 아닙니다.

우정이란 서로를 신뢰하고 서로를 지켜주는 것입니다. 우정에

관한 착각을 바로잡고 원점으로 돌아감으로써 내게도 친구가 있
었다는 사실을 깨달을 수 있습니다.

—

자신과의 관계성에 따라 애정의 형태가 다릅니다.
친구에게 잘못된 종류의 애정을 바라고 있지 않은가요?

:

만나지 못한다고

끝나는 우정은 없어요

· · ·

어른이 되면 아무래도 자유롭게 사용할 수 있는 시간이 줄어듭니다. 게다가 취직, 결혼, 출산, 육아와 같은 환경 변화에 따라 사람마다 라이프스타일도 달라집니다. 친하게 지내던 친구와 만나는 횟수도 줄어들고 어느새 연락이 끊긴 경우도 있을 것입니다.

하지만 못 만난다고 해서 친구가 아닌 것은 아닙니다. 친구와의 관계는 만나는 횟수에 비례하지 않기 때문입니다. 바쁜 생활을 하다가도 친구가 갑자기 머릿속에 떠올라 '어떻게 지낼까?', '오랜만에 보고 싶다.' 하고 생각할 때가 있지 않은가요?

아무리 떨어져 있어도 뇌는 연결되어 있습니다. 당신이 느끼는 바를 상대방도 실시간으로 느끼고 있습니다. 당신이 보고 싶다고 생각했다면 상대방도 당신을 만나고 싶어 할 것입니다. 이럴 때는 몇십 년의 공백이 있어도 괜찮습니다. 연락하면 상대방은 기뻐할 것입니다. 그뿐만 아니라 'A에게 연락해볼까?' 하고 생각하던 찰나에 A가 먼저 연락해오는 경우도 있습니다.

만나고 싶지만 귀찮은 것은 상대방의 질투가 원인이에요

A를 만나고 싶다고 생각하긴 했지만 어쩐지 연락하기가 꺼려지는 경우도 있습니다. '갑자기 불러내면 민폐가 아닐까?', '이제 와서 나를 만나는 게 즐겁지 않지 않을까?' 하는 생각이 떠오를 때는 어떠한 이유가 있습니다.

당신의 뇌가 연결되어 있는 것은 현재의 A입니다. 지금의 A와 기억 속의 A에게 차이가 있으니까 거부감이 느껴지는 것입니다. 대개의 경우 그 원인은 상대방의 질투입니다. 시간이 지나면 사람들은 모두 변합니다. 예전에는 대등한 친구로서 친하게 지냈어도 지금은 어느 한쪽이 상대방에게 질투하는 경우가 있습니다.

지금 A의 뇌와 연결되면 실제로 만났을 때 질투의 공격을 받을 것 같아서 쉽사리 연락하지 못하는 것입니다. 상대방이 바쁠지도 모른다고 이유를 대는 것은 자신에게 제동을 걸기 위해서입니다.

좋은 친구로 기억하고 있는 상대라도 만나거나 연락하기가 조금이라도 귀찮다고 느껴진다면 그것은 상대방이 당신에게 질투하고 있다는 신호입니다. 실제로 만나서 사이가 틀어지는 것보다 당분간은 머릿속으로만 이어지는 관계를 유지하는 것이 좋을지도 모릅니다.

시간과 함께 기억이 미화되는 경우도 있어요

반대로 지금 떠올렸을 때 이미지가 예전보다 좋아진 경우도 있습니다. 예를 들어 예전에는 별로 좋아하지 않았던 B가 지금 떠올리면 왠지 따뜻한 마음이 드는 경우입니다. 이는 당신 속에서 B의 기억이 미화된 것입니다.

'기억의 미화'라고 해도 자신에게 편리하게 사실을 바꿔놓은 것은 아닙니다. 기억 속의 사건에는 당신의 주관이 섞여 있습니다. 하지만 시간이 지날수록 의식적으로 더해졌던 판단이 흐려집니다. 즉 사실을 무의식적으로 볼 수 있게 되는 것입니다.

무의식이 기동함으로써 의식적인 판단에 방해되어 보이지 않았던 본질이 보이기 시작합니다. 당시에는 B의 거침없는 말투가 거슬려 '드센 사람'이라고 생각했지만, '말투가 거침없음 = 기가 셈'이라는 주관이 제거되자 B의 상냥함이 보이기 시작한 것입니다.

뇌가 연결되었을 때 예전의 인상보다 좋아졌을 경우 'B는 얄미운 사람이었는데?' 하고 생각할 필요는 없습니다. 기억이 미화된 후의 모습이 지금의 B이기 때문입니다.

긴 공백이 있어도 친구와는 언제나 이어져 있을 수 있습니다.
하지만 만나는 것이 귀찮게 느껴진다면 주의가 필요합니다.

친구니까 있는 그대로의 나를 받아주면 좋겠어요

'하고 싶은 말을 스스럼없이 털어놓을 수 있는 사람', '서로의 언동을 비판적인 시선으로 보지 않는 사람', '가치관이 맞고 함께 있으면 항상 즐거운 사람' 같은 친구가 있으면 최고일 것입니다. 하지만 이런 관계는 아무하고나 만들 수 없습니다. 또 만난 순간부터 성립되는 것도 아닙니다.

타인의 있는 그대로의 모습을 받아들이기 위해서는 공감할 수 있어야 합니다. 또 상대방에 대한 신뢰가 없으면 자신의 본모습을 드러내기 어렵습니다. 대개의 경우 공감이나 신뢰는 상대방에 대해서 잘 알아야 생깁니다.

퍼스널 수치가 가까우면 공감하기 쉬운 경향이 있지만 그렇다고 해서 만나자마자 서로를 진심으로 이해할 수 있는 것은 아닙니다. 퍼스널 수치에 어느 정도 차이가 있는 경우는 애당초 공감하기 어렵습니다. 문화의 차이를 이겨내서 신뢰 관계를 쌓기 위해서는 상대방을 알아가는 시간이 필요합니다. 즉 '있는 그대로의 나를 받아주는 친구'는 만나는 것이 아니라 만드는 것이라고 할 수 있습니다. 만난 순간 신호가 와서 상대방의 모든 것을 받아줄 수 있는 사람은 없습니다.

깊이 잘 통하는 친구가 있는지 마음에 물어보세요

서로 잘 통하는 친구를 바란다면 나를 받아줄 수 있는 사람은 누구인지 자신의 마음에 물어보세요. 이때 좋은 인상을 가지고 떠오르는 사람이 있지 않은가요? 만약 있다면 그 사람은 당신과 좋은 친구가 될 수 있을지도 모릅니다. 상대방에 대해서 조금 더 알게 됨으로써 공감이나 신뢰감이 생길 가능성이 있습니다.

딱히 떠오르는 사람이 없는 경우에는 질문을 바꿔서 다시 한 번 확인해보세요. '나를 받아주는 사람은 누굴까?'가 아니라 '나를 받아주는 사람은 없겠지?'라고 물어보세요. 우리의 마음은 청개구리와 같은 면이 있습니다. 그래서 '있어?'라고 물으면 '없어.'라고 대답하지만, '없겠지?' 하고 처음부터 없다고 설정해서 물으면 '아니, 있거든!' 하고 반박할 것입니다.

이런 사람이 있었으면 좋겠다고 생각하는 상대는 미래에 존재해요

질문을 바꿔서 물어보아도 전혀 떠오르지 않는 사람도 있을 것입니다. 그렇다고 속상해하지 않아도 됩니다. 질문에 대한 답이 나오지 않는 것은 지금 내 주변에 사람이 없을 뿐이며, 당신과 깊이 통하는 친구는 앞으로 만나는 사람 중에 있습니다.

지금도 없고, 앞으로도 그런 사람은 없을지도 모른다며 비관할 필요는 없습니다. 내 모든 것을 받아줄 수 있는 친구를 갖고 싶다고 생각한 시점에서 당신에게는 그에 걸맞은 상대가 있습니다.

지금 이미 존재한다면 마음에 물었을 때 감이 올 것입니다. 하지만 '지금은 존재를 인식하지 못하지만 장래에 나타나는 경우'에는 '이런 사람을 만나면 좋겠다.'와 같이 막연하게 느껴질 뿐입니다. 그 사람이 어디에 있는 누구이고, 어떤 사람인지는 실제로 만나기 전까지는 모릅니다.

우리의 뇌는 미래와도 연결되어 있습니다. 현재와 과거뿐만 아니라 앞으로 일어나는 일도 알고 있습니다. 그렇다면 왜 미래의 구체적인 정보를 모를까요? 결과를 미리 알면 미래가 바뀌는 경우가 있기 때문입니다. 예를 들어 중요한 시험을 볼 때 합격한다고 알고 있으면 공부에 집중하지 못할 것입니다. 그 결과 점수가 부족해서 불합격하는 경우도 일어날 수 있습니다.

지금 할 수 있는 일은 '이런 친구가 있으면 좋겠다.' 하고 기대하며 기다리는 것입니다. '친구 후보를 절대로 놓치지 않겠다.'라며 악착같이 매달리는 것은 역효과입니다. 언젠가 반드시 나타난다고 믿고 즐거운 마음으로 하루하루를 지내면 됩니다.

깊이 통할 수 있는 친구를 갖고 싶다고 생각하면
지금은 없더라도 미래에 꼭 나타납니다.

친구와 같은 의견이나
가치관을 갖고 싶어요

직장 동료와 점심을 함께 먹으러 가게 되었습니다. 든든하게 먹고 싶은 A는 돈가스집, 예쁜 가게에서 힐링하고 싶은 B는 파스타집, 몸 관리에 신경 쓰고 있는 당신은 정식집을 제안했습니다.

점심시간의 가게 고르기는 매일 하는 단순한 일입니다. 하지만 그 정도의 일에도 각자의 취향이나 무엇에 가치를 두는가가 드러납니다. 이 경우 현실적인 해결책은 두 가지입니다. 두 사람이 조금 양보해서 누군가의 의견에 따르거나 세 사람의 최대공약수격인 제4의 후보를 찾는 것입니다.

'자신과 같은 가치관을 가진 친구가 없다.'라고 고민하는 당신은 "식사는 영향 균형이 중요하니까 정식밖에 없잖아. 나는 고칼로리, 고당질 음식인 돈가스도 파스타도 먹고 싶지 않아."라고 말하는 것과 다름없습니다.

물론 당신은 이유도 없이 두 사람의 의견을 부정하고 있는 것은 아닙니다. 채소도 섭취하고 지방질이 적으며 밥의 양도 조절할 수 있는 정식이 몸에 좋다는 것을 알고 있기 때문에 A나 B에 대해 '왜 균형 있게 먹는 것의 중요함을 모르는 거야?'라고 생각하게 되는 것입니다.

이런 당신은 '같은 가치관을 가진 사람이 없어서 외롭다.'라고 여깁니다. 하지만 A나 B는 당신에 대해 어쩌면 '자신의 가치관만 고집하고 주변 사람들에게 맞추려 하지 않는 사람'이라고 생각할지도 모릅니다.

타인을 인정하지 못하는 것은 자기애 때문이 아니에요

자신은 변하려고 하지 않으면서 나와 맞는 사람이 없다며 고민하는 사람은 일반적으로 나는 대단한 존재이고 그런 나와 가치관이 맞는 사람은 없다.'라는 생각이 기반에 깔려 있습니다. 한마디로 말하자면 자기애가 강한 사람입니다.

하지만 저는 진짜 이유는 조금 더 깊은 곳에 있다고 생각합니다. 타인의 가치관을 받아들일 수 없는 것은 실은 자기부정의 반동인 경우가 많습니다. 즉 자기애가 넘쳐서가 아니라 자존감이 낮아서 타인을 부정해버리는 것입니다.

자존감을 높이면 타인의 가치관도 인정할 수 있어요

'나는 쓸모없는 인간'이라는 생각이 강한 사람은 스스로를 인정하는 것이 어렵습니다. 그래서 남들처럼 할 수 있는 일도 못한다고 생각하고 누가 칭찬해줘도 그 평가를 순수하게 받아들이지 못합니다.

자신을 직시하고, 있는 그대로의 나의 가치를 인정하는 것을 '자존감'이라고 말합니다. 늘 '나는 쓸모없는 인간'이라고 생각하는 사람은 자존감이 낮다고 할 수 있습니다. 자존감이 낮은 모습은 다양한 형태로 나타납니다. 낮은 자존감의 패턴 중 하나로서 쓸모없는 나'를 숨기려고 '대단한 나'를 연기하는 경우가 있습니다.

타인의 의견이나 가치관을 받아들이지 못하는 것도 '대단한 나'라는 이미지를 형성하는 일환입니다. 사소한 것도 남과 자신을 비교하고, '내 말이 맞다.', '내가 더 잘 알고 있다.' 등을 어필하기 위해서 타인을 부정해버립니다. 언뜻 자기애가 강해 보이지만 실은 정반대입니다.

더구나 우리의 뇌는 이어지기 때문에 자신이 상대방을 부정하면 상대방도 자신을 부정하는 악순환에 빠져버립니다. 이래서는 누군가와 공감하는 관계를 구축하기 어렵습니다.

'그렇지!', '맞아, 맞아!' 하고 서로 이해할 수 있는 친구를 갖고 싶다면 자존감을 높이는 것이 중요합니다. 싫은 것, 걱정거리 등 모든 것을 자기 탓으로 돌리지 마세요. 남들 앞에서 자신을 비하하거나 과도하게 겸손해하지도 마세요. 사람들 사이에서 어떤 태도를 취할지 고민이라면 옳고 그름이 아니라 좋고 싫음을 판단의 기준으로 하세요. 우선은 일상생활 속에서 이런 노력을 해보세요.

—

자신과 맞는 사람이 없다고 생각하는 것은
자신이 자신을 인정하지 않아서입니다.
우선은 자존감을 높일 수 있도록 노력하세요.

말하지 않아도
내 기분을 알아주면 좋겠어요

당신은 친구 A와 카페에서 커피를 마시고 있습니다. 그런데 A가 "안쪽 테이블의 남자가 아까부터 자꾸 나를 쳐다봐. 나중에 말을 걸어올지도 몰라."라고 말했습니다. 당신은 조금 놀랐습니다. 당신이 보기에는 남자가 A를 의식하는 것 같지 않았기 때문입니다. 그리고 몇 분 뒤 계산을 마친 남자는 이쪽을 거들떠보지도 않고 가게를 나가버렸습니다. A는 왜 착각했을까요?

A는 자기 자신이 남의 마음을 알 수 있다고 생각했기 때문입니다. 분명 사람의 마음은 표정이나 몸짓에 드러납니다. 거기서 어느 정도 감지할 수 있습니다. 하지만 자신이 느낀 것이 항상 정답

은 아닙니다. 남의 마음을 꿰뚫어볼 확률은 아주 낮습니다.

'다른 사람의 마음을 알 수 있다.'는 말을 의심하세요

다른 사람에 대해 알고 있다고 생각하는 사람은 다른 사람도 나를 알고 있다고 생각하기 쉽습니다. 예를 들어 평소보다 조금 힘이 없는 친구를 보면 '뭔가 힘든 일이 있었구나.' 하고 알아주고 위로와 격려를 해줌으로써 스스로에 대해 '나는 친구의 마음을 알아차리고 챙겨주고 있다.'라고 여깁니다. 하지만 그 친구는 전날 밤새 노느라고 잠이 부족한 것일 수도 있고, 화장을 대충 해서 다크서클이 돋보이는 것일 뿐인지도 모릅니다.

A와 같은 사람은 자신처럼 상대방도 타인의 마음을 알아주기를 바랍니다. 내가 하는 것은 당연히 다른 사람도 할 수 있다고 생각하기 때문입니다. 예를 들어 A에게 남자가 자신을 쳐다보는 것은 자신에게 호감이 있다는 신호입니다. 그러니까 자신도 호감을 느낀 남성에게 시선을 보냅니다. 그런데 호감이 전해지지 않으면 '왜 몰라주지?' 하고 불만을 품게 되는 것입니다.

A와 같은 사람에게 부족한 것은 '나와 남은 다르다.'라는 인식입니다. 카페에서 본 남자의 인상은 A와 당신에게 크게 다릅니다. 즉 같은 것을 보거나 같은 경험을 해도 느끼는 바는 사람마다 크게 차이가 있습니다. 중요한 것은 무엇이 정답인가가 아닙니다. 사람은 저마다 다르므로 자신의 상식이 타인에게는 아닐 수도 있습니다.

자신과 타인의 차이를 인정하세요

카페에 있던 남자는 정말로 A에게 관심이 있었는지도 모릅니다. 혹은 창밖의 경치를 보거나 화장실을 찾다가 우연히 A와 눈이 마주쳤을 수도 있습니다. '남의 마음을 안다.'라는 감각은 아쉽게도 착각인 경우가 대부분입니다. 착각이 심하면 자신이 느낀 것을 의심하지 않게 됩니다. 그렇기 때문에 상대방이 경치를 바라보거나 화장실을 찾고 있을 가능성을 깨닫지 못하는 것입니다.

친구, 애인, 가족의 일은 누구나 잘 알고 있다고 생각하기 쉽습니다. 하지만 실제로는 타인의 마음을 완전히 알아챌 수는 없습니다. 타인의 마음을 내가 알기는 어렵습니다. 나의 마음조차도 잘 알지 못하는 걸요. 그러니까 '말하지 않아도 알아줘.'라는 기대에 응하기는 어렵습니다.

　아무리 친한 친구라도 나와는 다른 인간입니다. 생각이나 느끼는 바가 완전히 일치하지는 않습니다. 차이를 인정하고 자신과는 다른 상대방을 알려고 하면 공감대가 늘어나게 됩니다. 그럼으로써 서로를 조금씩 이해할 수 있게 되는 것입니다.

자신을 알아주길 바라는 것은 '자신은 다른 사람을 알고 있다.'는 것의 반증입니다. 자신과 남은 다르다는 것을 잊지 마세요.

내 이야기를
잘 들어주면 좋겠어요

우리는 친구들과 재미있는 이야기를 하며 웃기도 하고 푸념을 늘어놓으며 위로를 받기도 합니다. 대화는 상대방을 아는 데 빼놓을 수 없는 중요한 수단입니다. 당신은 A에게 하고 싶은 말이 있습니다. 그런데 A가 들어주지 않거나 들으면서도 딴짓을 하고 있으면 어떨까요? '친구가 말할 때만큼은 좀 집중해서 들어주지.' 하고 상처를 받을 것입니다.

대개의 경우 이런 일에는 질투가 얽혀 있습니다. 이유는 다양하지만 나보다 아래라고 생각하는 상대방에게 뛰어난 장점이 있거나 상대방에게 좋은 일이 생기면 질투가 발동합니다. 질투를 일으킨 사람은 상대방을 공격합니다. 상대방이 바라는 것을 일부러 하지 않는 것도 공격의 일종입니다. A는 질투가 발동해 당신의 이야기를 제대로 듣지 않음으로써 당신에게 상처를 주려는 속셈인 것입니다.

질투는 동물적인 본능 중 하나입니다. 그렇기 때문에 늘 평온하게 지내려고 노력해도 질투 발동을 억누를 수는 없습니다. 공격을 피하는 데 효과적인 것은 주변 사람들이 질투 발동을 일으키지 않도록 예방하는 방법밖에 없습니다.

이야기를 듣지 않는 것은 당신을 위해서예요

다만 A가 당신과 친한 친구라면 '이야기를 듣지 않는 행동'은 당신을 위한 것일 가능성도 있습니다. A가 무의식적으로 질투 발동을 막으려 하는 것이지요.

A는 당신의 이야기를 들으면 질투가 발동할 것을 알고 있습니다. 하지만 발동을 멈출 수는 없습니다. 그렇다면 친구인 당신에게 상처 주지 않기 위해서는 이야기를 듣지 않는 것이 좋습니다.

A는 질투의 원인이 되는 이야기를 일부러 듣지 않음으로써 질투 발동을 막고 있는 것입니다. 이러한 경우 이야기를 제대로 듣지 않는 A의 태도는 질투에 의한 공격이 아닙니다. 친구에 대한 배려의 표시입니다.

친구란 '이 사람을 지켜주고 싶다.'라고 생각되는 사람이에요

항상 내 이야기를 들어주지 않는다는 이유로 친구와 있어도 즐겁지 않을 때는 친구와의 사이에 서열 관계가 형성되어 있을 수 있습니다. 상대방에게 질투당하는 경험을 거듭하다 보면 당신은 공격을 피하려고 합니다. 그리고 상대방의 비위를 맞추기 위해서 '하고 싶은 말도 못하는 나'로 행동하게 됩니다.

지배당하는 쪽이 약자를 자처하는 것은 실제로는 질투를 부추기는 꼴밖에 되지 않습니다. 이를 모르는 당신은 상대방의 질투로부터 몸을 지키기 위해서 상대방을 기쁘게 하려고 애쓰게 됩니다. 상대방이 좋아해주면 질투의 공격이 멈춘다고 착각하고 있기 때문입니다.

자신보다 상대방의 마음이나 이익을 우선하는 것은 '자기희생의 사랑'입니다. 이는 본래 부모가 자식에게 주는 애정의 형태입니다. 그런데 부모에게 충분한 사랑을 받지 못했다고 생각하는 사람은 부모의 사랑과 같은 종류의 애정을 친구에게 바라는 경우가 있습니다. 하지만 부모가 자식에게 주는 '자기희생의 사랑'은 친구 사이에서는 성립되지 않습니다. 어느 한쪽이 무리를 해서 희생하는 관계는 친구가 아니라 '지배하는 사람과 지배당하는 사람'입니다.

친구에 대한 사랑은 '서로 지켜주는 사랑'입니다. 애당초 친구가 무언가를 해주지 않는다고 느끼는 것은 부모의 사랑을 친구에게 요구했다는 증거입니다. 친구는 대등한 관계입니다. 친구는 '친구를 기쁘게 해주기 위해서 무언가를 해주는 사람'이 아닙니다. 친구와의 사이에 존재할 리 없는 '자기희생의 사랑'을 바라면 절대로 손에 넣을 수 없습니다.

친구와의 신뢰가 다져지는 것은 '상대방에게 도움이 되고 싶다.', '상대방을 지켜주고 싶다.' 같은 마음입니다. 이야기를 들어주지 않는다고 상처 받거나 상대방을 몰아세우기 전에 '왜 내 이야기를 들어주지 않을까?' 하고 생각해보세요. 답을 찾으면 친구에 대한 이해가 조금 깊어집니다. 답을 못 찾겠다면 알고 싶다고 계속 생각해보세요. 상대방을 알려고 하는 것도 '친구를 위해서 할 수 있는 일'의 일종입니다.

—

친구와의 관계를 돈독하게 하는 것은 '상대방을 위해서 무언가를 해주고 싶다.'라는 마음입니다.

언제나 내 편이면 좋겠어요

남자친구와 싸운 당신은 친구 A에게 억울한 마음을 털어놓았습니다. 약속시간에 조금 늦었다고 노골적으로 불쾌한 표정을 지은 일, 회사에 대한 불만을 늘어놓는 남자친구를 달래줬더니 오히려 화낸 일을 말입니다. 당신이 A에게 바란 것은 "남자친구가 너무했네." 정도의 반응이었습니다. 하지만 A가 한 말은 "약속에 늦으면 안 되지."였습니다. 당신은 남자친구와 싸워서 답답한 마음을 친구가 알아줬으면 한 것뿐이었는데 속이 상했습니다.

굳이 뻔히 아는 옳은 말을
하는 이유가 뭘까요

A의 행동은 당신에 대한 질투에서 일어났을 가능성이 있습니다. 사실 약속에 지각하는 것은 좋지 않습니다. 기다린 사람이 화내는 것은 당연합니다. 이치가 그렇다는 건 누가 지적해주지 않아도 지각을 한 본인이 잘 알고 있습니다. 그런데 그것을 굳이 지적하는 이유가 뭘까요?

A는 '사실을 공평하게 본다.'라는 자세를 취하고는 있지만 사실은 전혀 공평하지 않습니다. 정말 공평함을 중시하는 사람이라면 당신이 왜 늦었는지도 알려고 할 것입니다.

당신이 지각한 이유는 지하철이 늦게 와서일 수도 있고, 오는 길에 넘어져서 발목을 삐었기 때문일 수도 있습니다. 혹은 남자친구에게 부탁받은 물건을 사기 위해 가게에 들르느라 늦은 것일 수도 있습니다. 왜 그랬는지 사정도 듣지 않고 '지각한 사람이 나쁘다.'라고 단정 짓는 것은 당신에 대한 질투 발동이 아닐까요?

A의 말이 질투에 의한 것인지 여부는 그 대답을 당신이 어떻게 느꼈는지에 따라 알 수 있습니다. 불쾌하게 느꼈으면 그 말에는 질투가 포함되어 있는 것입니다. 만약 질투가 포함되어 있지 않

다면 어떤 날카로운 말을 해도 당신은 불쾌감을 느끼지 않았을 것입니다.

친구 사이에는 질투가 일어나지 않아요

친구란 서로 '상대방을 지켜주고 싶은 관계'입니다. 하지만 퍼스널 수치의 차이가 크면 문화의 차이를 다 메우지 못하는 경우도 있습니다. 그렇게 되면 어느 한쪽이 작은 일로 질투 발동을 일으켜 상대방을 공격하게 됩니다.

물론 문화의 차이가 커도 우정은 생깁니다. 하지만 이를 위해서는 다른 문화를 존중하고 상대방을 알고자 하는 자세와 알아가기 위한 시간이 필요합니다. 상대방의 질투가 느껴진다면 지금은 무리해서 친구로 지낼 필요는 없습니다. 일단 '친구 후보' 정도로 거리를 두고 상대방의 문화를 알고자 노력해보면 어떨까요?

내 편을 들어주지 않는 이유는 당신에 대한 질투가 원인일 수 있으니 상대방과 거리를 조금 두세요.

Column

질투를 멈출 수는 없지만
수습은 할 수 있어요

질투 발동은 동물적인 본능이므로 멈추기 힘듭니다. 친한 친구에게도 질투하는 경우가 있습니다. 질투 발동으로 친구에게 상처를 줬다는 사실을 깨달았다면 자신이 질투한 것을 자각해보세요. 그것만으로도 수습이 가능합니다.

우리는 뇌로 이어질 수 있습니다. 그러니까 질투를 자각하기만 하면 당신의 질투 감정과 '지금 질투해버렸다.'라는 마음이 상대방에게 동시에 전해집니다. 이것만으로도 상대방의 불쾌감은 줄어들고, 당신의 질투 발동도 자연스럽게 그치게 됩니다.

내가 어려울 때
도와주면 좋겠어요

곤경에 처한 사람을 돕는 것은 사람으로서 멋진 일이지만, 때로는 위험도 동반합니다. 인간관계의 문제를 중재하다가 자신이 나쁜 사람이 될 수도 있습니다. 선의로 구원의 손길을 내밀었는데 상대는 항상 그렇게 해주길 기대할지도 모릅니다.

상대방이 곤경에 처해 있다면 자신을 돌아보지 않고 도우려고 하는 것은 부모가 자식에게 주는 사랑입니다. 그리고 상대방으로부터의 감사나 신뢰와 같은 '보답'을 기대하고 돕는 것은 남녀 간의 사랑입니다.

친구 사이에는 서로 지켜주는 사랑이 있습니다. 상대방이 해주길 바라는 것이 아니라 오히려 상대방을 위해서 무언가를 하는 것에 기쁨을 느끼는 종류의 애정입니다. 친구가 당신을 위해서 하고 싶다고 생각한다면 당신이 원하기 전에 친구가 그것을 해주고 있을 것입니다. 그렇지 않다면 당신이 바라는 것은 애당초 친구에게 얻을 수 없는 것입니다.

외로움을 없애기 위해서 친구에게 부모의 사랑을 요구하고 있을지도 몰라요

우리는 무의식중에 친구는 '내가 원하는 것을 해주는 사람'이 아님을 알고 있습니다. 그런데 왜 친구에게 기대하는 걸까요? 사실은 기대하고 있는 것이 아니라 '도와주지 않음'을 전제로 바라고 있을 수 있습니다. 손에 넣지 못하는 것을 알면서도, 바라는 것을 얻지 못함을 확인하려는 것입니다. 그리고 '거봐, 역시 도와주지 않았어.', '내가 쓸모없는 사람이라서 아무도 도와주지 않는구나.'라고 스스로를 깎아내립니다.

이는 내 안에 있는 '사랑받지 못하는 외로움'을 지우려는 행동일지도 모릅니다. 부모로부터 충분히 사랑받지 못했다고 느꼈을 때 '외로움'이 사라지지 않는 경우가 있습니다. 이러한 경우 외로움을 느끼는 원인이나 그 계기가 된 체험의 기억 등은 모두 잊어버리고, '외롭다'라는 감각만 남습니다. 이러한 감각을 지우기 위해서 필요한 것이 '같은 체험을 하는 것'입니다.

부모에게 도움을 구했지만 도와주지 않았습니다. 당신은 배신당했다거나 무시당했다며 상처 받고 극심하게 외로워합니다. 이런 상처가 아물려면 '부모에게 도움을 구하고 도움을 받는 경험'이 필요합니다. 그것이 불가능할 때 부모 역할을 친구로 대신하려는 경우가 있습니다.

친구로부터 자기희생의 사랑을 얻지 못한다는 것은 알고 있습니다. 그래도 '이번에야 말로 부모의 사랑을 받을 수 있을지 몰라.' 하고 기대하는 것입니다. 이런 일을 반복하지 않기 위해서는 '친구는 부모와 같은 애정을 바라는 상대가 아님'을 깨달아야 합니다. 우정은 대등하고 서로 지켜주는 상대와 나누는 것입니다. 친구와 제대로 관계를 쌓아나가면 '하고 싶은 것'과 '바라는 것'이 서로 일치하여 마음의 상처가 조금씩 아물지도 모릅니다.

—

친구에게 '부모의 사랑'을 바라고 있지 않는가요?
친구로부터 얻게 되는 것은 신뢰하고 서로 지켜주는 감각입니다.

3장

친구는 정말
필요한 걸까요?

:
신뢰할 수 있는 친구가
한 명이라도 있으면 돼요

· · ·

　함께 무언가를 하거나 SNS로 맺어져 있는 친구는 있는데 어쩐지 외로움을 느끼는 사람이 있습니다. 반대로 친구가 적어도 만족하는 사람, 혼자 지내는 일이 많은데도 전혀 외로워하지 않는 사람도 있습니다. 이런 차이는 어디서 나오는 걸까요?

　'친구'라고 해도 관계의 깊이는 다양합니다. 직장 동료, 아이 친구 엄마, SNS로만 맺어진 사람들은 '~을 위해서'라는 전제가 있어서 연결된 '목적이 있는' 친구입니다. 친구이긴 하지만 관계의 깊이는 다소 얕은 경우가 대부분입니다. 그에 비해 편하게 속마음을 터놓을 수 있고 공감할 수 있는 친구와의 관계는 강하고 깊습니다.

신뢰할 수 있는 친구는
안심할 수 있는 안식처가 돼요

타인에 대한 '기본적인 신뢰감'이 있느냐는 우리의 정신 건강과 신체 건강에 깊은 영향을 미칩니다. '비밀 유지 감각'은 친구와의 기본적인 신뢰감의 기반이 됩니다. '나는 상대방의 비밀을 지키고, 상대방도 내 비밀을 지켜준다.' 같은 마음이 있어야 서로에게 본모습을 보여줄 수 있는 관계가 성립됩니다. 비밀을 지키고자 하는 마음은 상대방을 지키려고 하는 마음으로 이어집니다. 서로 비밀을 지켜주는 관계가 됨으로써 신뢰감이 깊어지고 진짜 친구가 될 수 있습니다.

기본적인 신뢰감을 가질 수 있는 친구는 자신을 안심시키는 존재입니다. 그 사람과 함께 지내거나 그 사람을 떠올리기만 해도 마음이 위로되고 편안해집니다. 사회에서 타인에게 둘러싸여 지내는 하루하루는 긴장의 연속입니다. 신뢰감으로 이어진 친구가 있으면 긴장감에서 해방되고 안심하며 지낼 수 있습니다. 신뢰감으로 이어진 친구는 '안식처'가 됩니다. 이러한 안식처는 마음의 균형을 잡는 데 꼭 필요합니다.

기본적인 신뢰감을 가질 수 없는 사람은 마음이 편히 쉴 수 있는 안식처가 없습니다. 늘 긴장된 상태가 계속되기 때문에 스트레스는 쌓이기만 합니다. 마음이 지치는 것은 물론, 면역력 등도 저하되어 몸이 상하기 쉽습니다.

신뢰할 수 있는 친구는 머릿속으로 이어지기만 하는 상대여도 좋아요

신뢰감으로 이어진 친구가 한 명이라도 있으면 버팀목이 됩니다. 친구가 많지 않아도 만족하는 사람에게는 신뢰할 수 있는 친구가 있을 것입니다. 기본적인 신뢰감을 가질 수 있으면 친구 이외의 사람에 대해서도 '신뢰해도 될까?' 하고 생각할 수 있습니다. 많은 사람과 있을 때도 편안하게 지낼 수 있습니다.

자신의 긴장이나 신뢰감은 상대방에게도 고스란히 전해집니다. 긴장도가 낮으면 집단에도 금세 어울릴 수 있고 새로운 친구를 만날 가능성도 높아집니다.

혼자 있는 것을 개의치 않는 사람도 마찬가지입니다. 멀리 떨어져 있지만 어딘가에 '진짜 친구'라고 생각되는 사람이 있는 것입니다. 그 사람을 떠올리면 언제든지 머릿속으로 이어진다는 것을 알고 있으므로 함께 있지 않아도 불안이나 외로움을 느끼지 않는 것입니다.

만약 당신이 '내게는 친구가 없지만 외롭지 않다.'라고 느낀다면, 자각하지 않아도 어딘가에 신뢰할 수 있는 상대가 있을 것입니다. 기억에 남는 사람을 하나씩 떠올려 존경이나 안심을 느낄 수 있는 사람을 찾아봐도 좋을 것입니다.

외로움을 해소하고 싶고, 깊이 연결된 친구가 갖고 싶다면, 서로 지켜주는 관계를 만드는 것부터 시작하세요. '상대방이 지켜줄까?'를 생각하기 전에 우선은 내가 먼저 지켜주세요. 관계가 조금씩 끈끈해지면서 기본적인 신뢰감을 가질 수 있을 것입니다.

외로움을 느끼는 것은 친구가 적어서가 아니라
기본적인 신뢰감을 가질 수 있는 상대가 없기 때문입니다.

:
친구가 있으면
운이 점점 좋아져요

. . .

　신뢰할 수 있는 친구가 있으면 의외의 이점이 있습니다. 바로 운이 좋아진다는 것입니다. 안심할 수 있는 안식처가 생겨 긴장도가 떨어지기 때문입니다. 긴장도가 떨어지면 기운이 좋아져 일이 점점 자신에게 유리한 쪽으로 움직입니다.

　조금 더 구체적으로 설명하겠습니다. 긴장도가 높으면 매사 경계하게 됩니다. 남에게 공격받지 않으려는 마음, 미움받지 않으려는 마음이 강하기 때문에 '~니까 이렇게 하자.', '~하면 이렇게 될 것이다.'와 같이 생각해버립니다. 하지만 이렇게 행동하게 되면 아쉽게도 상황이 더 안 좋아질 뿐입니다.

의식적인 행동은
상황을 더 안 좋게 할 수 있어요

콧노래라면 잘 부를 수 있는데 마이크를 들고 남들 앞에 서면 음정이 흔들린다거나, 달리기 시간을 재면 연습 때보다 좋은 결과가 나오지 않는 등 막상 중요할 때 본래의 힘을 발휘하지 못한 경험은 누구에게나 있을 것입니다.

이는 '항상성'이 작동하기 때문입니다. 항상성이란 사물을 일정 상태로 유지하려는 것을 말합니다. 사람은 항상성이 있어서 의식적으로 무엇을 하려고 해도 그와 동등한 강도로 '못해!'라는 마음이 작동해버립니다.

예를 들어 '밝게 웃으면서 인사하기'로 결심했습니다. 하지만 그 마음이 강할수록 '난 밝게 인사도 못하고 웃지도 못해.'라는 마음도 함께 강해져서 결과적으로 미묘한 표정으로 어중간한 인사를 하게 되는 일이 일어나버립니다.

사람에게 항상성이 있는 것은 마음의 균형을 잡기 위해서입니다. '불가능하다고는 생각하지 않을 거야!'라고 마음먹는다고 해서 항상성을 없앨 수는 없습니다. 다만 항상성은 의식적인 상태일 때만 기능합니다. 긴장하지 않으면 일일이 '이렇게 해야지.', '저렇게 해야지.' 같은 생각을 하지 않습니다. '미움받지 않기 위해' 웃는 것이 아니라 '웃고 싶어서' 웃게 됩니다.

무의식적으로 담담하게 행동할 때 '그건 무리야.', '그건 불가능해.' 같은 사고는 기능하지 않습니다. 즉 스스로 제동을 걸어서 실패하는 일이 줄어듭니다. 그 결과, 일이 잘 풀려 '요즘 운이 좋다.'라고 느끼는 일이 늘어나게 됩니다.

친구에 대해 너무 의식적으로 생각하지 마세요

운이 좋아졌다고 실감하면 '친구 덕분임 → 계속 친하게 지내고 싶음'이라고 여길지도 모릅니다. 하지만 친구를 너무 의식하는 것은 역효과입니다. '나에게는 좋은 친구가 있어서 행복하다.'라고 느끼는 정도로 충분합니다.

친구를 소중하게 여기는 것은 좋은 일이지만, '사이좋게 지내야지.', '계속 친구로 지내야지.' 하고 너무 의식하는 것은 좋지 않습니다. 관계를 유지하려고 상대방의 눈치를 보며 비위를 맞추는 일이 생기기 때문입니다. 그렇게 되면 대등한 친구 관계가 무너져 서열 관계로 바뀌어버립니다.

'서로 신뢰할 수 있는 친구'란 바꿔 말하면 '내가 신뢰를 느끼는 사람'입니다. 상대방이 자신을 어떻게 생각하는지는 신경 쓸 필요가 없습니다. 상대방을 기쁘게 하기 위해 애쓰지 않아도 됩니다.

우리는 친구와 뇌로 이어질 수 있습니다. 당신이 신뢰할 수 있을 것 같은 사람은 당신을 신뢰하고 있다고 보아도 좋습니다. 일방적이라 하더라도 친구라고 여기는 사람은 분명 당신의 친구입니다.

—

안심할 수 있는 상대가 있으면 긴장도가 떨어집니다.
의식적인 행동이 줄기 때문에 일이 잘 풀리게 됩니다.

:
혼자라서 외로울 때는
'정말?' 하고 마음에
물어보세요

· · ·

휴일에 집에서 혼자 지내다가 문득 외로워질 때가 있습니다. '외로움'은 '무언가'를 바랄 때 생기기도 합니다. 자신이 바라는 '무언가'의 정답은 무의식에 있습니다. 다른 사람에게 상담한다고 해서 나오는 것이 아닙니다.

답을 알기 위해서는 무의식과 이어질 필요가 있습니다. 이를 위해서는 '자신에게 묻는 일'이 필요합니다. 처음에는 '지금 나는 무엇을 하고 싶은 걸까?', '지금 나는 무엇을 바라고 있는 걸까?' 하고 물어보세요. 아마 '누군가와 함께 있고 싶다.', '누군가와 대화하고 싶다.' 등의 답이 나올 것입니다.

하지만 그 답이 진짜가 아닌 경우가 대부분입니다. 왜냐하면 정말로 누군가와 함께 있고 싶다면 지금 혼자서 집에 있을 리가 없기 때문입니다. 그러니까 다시 한 번 마음에 물어보세요. 나는 누구와 함께 있고 싶은 걸까?' 하고 말입니다. 이때 나온 것이 진짜 답입니다. 대부분의 경우, 그것은 처음 답과는 다를 것입니다.

자신의 진심을 깨달으면 편해져요

처음에 나온 답은 의식적인 것입니다. '외로운 것은 지금 혼자 있기 때문이다.', '혼자서 지내다 보면 누군가와 대화하고 싶어진다.' 같은 사고방식은 일반 상식과도 같습니다. 우리의 마음은 의외로 이러한 일반론에 얽매여 있습니다. 이 답을 믿고 누군가를 불러내거나 전화로 수다를 떨어도 외로움은 해소되지 않을 것입니다. 그러니까 다시 한 번 물어봐야 합니다.

'식사 전에는 손을 씻어야 한다.'라는 상식을 알고 나면 그 이유까지 생각하는 경우는 거의 없습니다. 하지만 '왜 손을 씻어?'라고 물으면 '그러고 보니 왜일까?' 하고 나름의 답을 찾게 됩니다. 자신이 느끼고 있는 것에 대해서도 마찬가지입니다. '정말 그래?'라고 물어야 비로소 자신의 속마음에 눈을 돌릴 수 있게 됩니다. 진짜 답이 바로 나온다는 보장은 없습니다. '그랬구나.' 하고 스스로

납득할 수 있는 답에 도달할 때까지 몇 번이 되더라도 '정말?' 하고 물어보세요.

최종적으로 나오는 답은 슬픔일 수도 있고, 불만이나 분노일 수도 있습니다. 중요한 것은 '나는 이런 마음을 품고 있었구나.'라고 깨닫는 것입니다. 자신이 그렇게 느끼는 이유를 찾거나 해소하려고 노력할 필요는 없습니다. 자신의 속마음을 안 것만으로도 마음이 편해질 것입니다. 막연한 외로움도 곧 사라질 것입니다.

—

혼자 지내는 것이 반드시 외롭지만은 않습니다.
상식에 얽매이지 말고 자신의 속마음과 마주하세요.

Column

한 번으로 파악이 안 된다면
다시 한 번 물어보세요

마음은 청개구리

자신의 마음에 무언가를 물어볼 때 바로 본심이 나오지 않을 수도 있습니다. 나온 답에 위화감이 들 때는 '정말?' 하고 다시 물어보세요. 그러면 '아니, 실은…' 하고 본심이 나옵니다.

또 '~을 하고 싶어?'와 같은 물음에 답이 나오지 않거나 답이 애매한 경우에는 질문의 방식을 바꿔보세요. '~을 하고 싶지 않은 거지?'와 같이 바꿔 말하는 것입니다. 그러면 '그렇지 않거든! 하고 싶거든!' 하고 답이 돌아올 때도 있습니다.

우리의 마음은 의외로 청개구리 기질이 있습니다. 그러므로 본심을 끌어내기 위해서는 일부러 의심해보거나 상반되는 것을 말해보는 것도 필요합니다.

:

원하는 우정의 깊이는

저마다 달라요

． ． ．

    친구가 적다고 생각하는 사람은 친구가 많은 사람을 부러워합니다. 항상 친구에게 둘러싸여 있는 사람은 화려하고 즐거워 보입니다. 소통에 능숙하고 인품이 좋아 보입니다. 하지만 '친구가 많은 사람 = 많은 사람에게 신뢰받는 사람'인 것은 아닙니다.

    친구가 많은 사람과 적은 사람을 비교했을 때 친구가 많은 사람은 '얕고 넓은' 관계로 만족하는 경우가 많습니다. '조금 대화를 나눠도 친구', '가볍게 인사를 나눠도 친구', '친구의 친구는 친구'라는 식으로 친구에 대한 기준이 그리 높지 않습니다.

    반면에 친구가 적은 사람은 타인과 깊은 관계를 바라는 경우가 대부분입니다. 상대방에게 공감, 존경, 신뢰를 느끼지 못하면 친구라고 받아들이지 못하는 것입니다. 이렇게 생각하면 친구 수가 적을 수밖에 없습니다.

인사나 대화를 나누는 정도의 사람이 있을 경우, 친구가 많은 사람에게 그 사람은 친구입니다. 하지만 친구가 적은 사람에게 그 사람은 지인, 동료 등 친구 이외의 분류로 나눌 뿐 친구로 인정되지 않습니다.

얕고 넓은 관계를 선호하는 소셜 버터플라이

친구가 많은 사람은 '누구하고나 금방 친해지는 사람', '다정하고 거리낌 없이 만날 수 있는 사람'과 같이 여겨지고 행동이 매력적인 '인기인'이 많습니다. 이런 유형의 사람은 '소셜 버터플라이(Social Butterfly)'라고 불리기도 합니다. 나비가 꿀을 원해서 꽃에서 꽃으로 날아가는 모습을 비유한 표현입니다.

이런 사람들은 '인사하면 친구가 된다.'고 생각합니다. 우리는 주목한 상대와 뇌로 이어지기 위해서 인사를 나눈 사람도 친구라고 여깁니다. 그래서 이런 사람들은 친구 만들기가 매우 쉽다고 생각합니다.

이들은 상대방의 감정을 자신과 엮어서 받아들이지 않습니다.

예를 들어 내가 인사했을 때 상대방이 불쾌한 표정을 짓고 있었다면 대부분 '내가 무슨 실수를 했나?' 하고 생각하게 됩니다. 하지만 친구가 많은 사람은 그렇게 생각하지 않습니다. 상대방이 '기분이 좋지 않구나.' 하고 사실을 있는 그대로 받아들일 뿐입니다. 어쩌면 상대방이 불쾌해한다는 것조차 눈치채지 못했을 가능성도 있습니다. 그들에게 꽃은 자신에게 꿀을 주기 위해서 피고 있는 것이나 마찬가지입니다. 꽃이 시들어도 그것은 자기 탓이 아니라고 생각합니다.

친구는 많을수록 좋은 것은 아니에요

뭐든지 '내 탓'이라고 여기지 않는 것은 자존감이 높기 때문입니다. 이런 사람은 있는 그대로의 나를 인정하기 때문에 타인에 대해서 기본적인 신뢰감을 가지고 있습니다. 다만 소셜 버터플라이의 경우, 매력적인 행위나 친구를 많이 만들려는 마음에 '죄책감'을 갖고 있는 경우도 있습니다. 어렸을 때 어떤 일로 죄책감을 느꼈던 경험 때문에 어른이 되어서도 그것을 속죄하려고 합니다.

그 속죄가 '주변을 밝게 즐겁게 하는 형태'로 나타나고 있을 가능성이 있습니다.

　많은 사람과 넓고 얕게 만날 것인가, 소수의 사람과 깊은 관계를 이어나갈 것인가? 정답은 없습니다. 친구에게 바라는 것은 사람마다 다르기 때문입니다. 중요한 것은 '자신이 친구에게 어떤 관계를 바라고 있는지'를 아는 것입니다.

친구가 적은 까닭은 깊이 만날 수 있는 사람을 원하기 때문입니다.

:
친구를 사귀고 싶으면
방법은 쉬워요

. . .

친구는 많을수록 좋은 게 아니라는 것을 알고 자신은 깊은 관계를 원하지만 그래도 친구를 더 많이 갖고 싶다면 지금부터 친구를 한 번 사귀어보세요. 사실 친구 사귀기는 쉽습니다. 처음에 해야 할 것은 '웃으면서 인사하기'입니다. '뭐? 그런 걸로?'라고 생각할지 모르지만 한 번 해보기 바랍니다.

먼저 나서지 못하는 성격은
피해의식 때문일 수 있어요

웃으면서 인사할 수 있게 되면 다음 단계로 넘어가세요. 다음에 할 것은 '웃으면서 말 걸기'입니다. 이는 인사보다 난이도가 높을 수 있습니다.

내가 먼저 나서는 것을 어려워하는 사람이 많습니다. 친구가 되고 싶은 상대에게 말을 걸고 싶은데 말을 걸지 못하는 것은 '말을 걸어도 어차피 안 좋아할 거야.'라는 생각 때문이 아닐까요?

이는 낮은 자존감이 원인입니다. 자신을 부정당하는 경험을 많이 했기 때문에 어떤 일에도 '내게는 무리'라고 생각해버리는 것입니다. 또 '해봤자 소용없으니까 하지 않는다.'라는 '학습성 무력감'에 빠져 있는 경우도 있습니다.

낮은 자존감에는 피해의식도 관련 있습니다. 부모에게 부정당했다거나 충분히 사랑받지 못해서 자존감이 낮은 사람은 타인에게 무언가를 당하는 경험을 겪으면서 상처를 받습니다. 즉 부모나 가까운 사람의 '피해자'인 셈입니다. 피해의식이 강하면 모든 관계에서 자신은 '당하는 쪽'이라는 것을 전제로 해버립니다. 그러니까 즐거운 일에 관해서도 상대방이 와주기를 기다리는 자세가 됩니다. 나부터 움직이려는 발상은 없고 받기만을 바라게 됩니다.

반대로 내가 누군가에게 상처 줬다는 등의 죄책감을 가지고 있는 사람은 자신이 먼저 하는 것이 전제가 됩니다. 그러니까 스스로 나서는 데 거부감이 없고 거리낌 없이 사람들에게 말을 걸 수 있는 것입니다.

친구를 사귀고 싶다면
용기를 내서 한 발짝 내디디세요

친구를 사귀고 싶다면 '나는 먼저 나서지 못한다.' 하고 기다리기만 해서는 아무것도 변하지 않습니다. '거절당하는 것이 무섭다.'라는 마음을 극복하고 용기를 내서 스스로 나서야 합니다. '내가 먼저 나설 수 없다.'라는 마음은 낮은 자존감이나 피해의식에 의해 만들어진 것입니다. 그것을 깨부수는 것은 쉽지 않습니다. 하지만 못할 일도 아닙니다.

용기 내서 말을 걸었는데 상대방의 반응이 좋지 않으면 그것만으로 좌절할 수도 있습니다. 그럴 때는 자신이 소셜 버터플라이가 되었다고 생각해보세요. 쉽게 말해 상대방의 반응을 신경 쓰지 않는 것입니다.

가령 내가 밝게 인사를 건넸는데 상대방이 불쾌한 표정으로 구시렁거리며 인사했다고 하세요. 이때 자존감이 낮으면 타인의 불쾌함을 자기 잘못으로 느끼기 쉽습니다. 하지만 그것은 당신의 착각입니다. 상대방은 졸렸을 수도 있고, 업무로 머릿속이 가득차 있었을지도 모릅니다. 애당초 불쾌하지 않았을 수도 있습니다. 그러니까 상대방의 태도를 신경 쓸 필요가 없습니다. 반응이 신통치 않다면 그냥 가볍게 넘기면 됩니다. 그게 어렵다면 '이 사람은 아프구나.' 하고 멋대로 생각해도 좋습니다.

'웃으면서 인사하기', '웃으면서 말 걸기'를 할 수 있으면 '받는 입장'에서 '주는 입장'으로 확 바뀝니다. 친구를 사귀고 싶을 때도 적극적으로 바뀔 것입니다.

—

웃으면서 인사하기, 웃으면서 초대하기만 할 수 있으면
친구를 사귈 수 있습니다.

:

친구는

마음으로 이어진

상대예요

• • •

　'나는 친구가 별로 없으니까 친구를 사귀어야지!'라고 결심은
했는데 막상 닥치니 귀찮기도 합니다. 그럴 때는 자신의 진짜 마
음을 다시 헤아려보세요. 사람은 본래 자신에게 가장 편안한 장
소에 안착하는 법입니다. 즉 친구가 적은 사람은 '친구가 적은 상
태'를 좋아하는 것입니다. 노력해서 바뀌지 않아도 됩니다.

　하지만 사회생활을 하다 보면 타인의 모습이 신경 쓰입니다.
사람들에게 인기가 많은 A를 '즐거워 보이네. 좋겠다.'라고 생각
할 수도 있습니다. 질투가 나는 누군가에게 친구 관계와 관련해
서 불쾌한 말을 들었을 수도 있습니다. 그러면 일반 상식에 사로
잡히게 됩니다. '친구가 적은 나는 이상한가?', '역시 친구는 많을
수록 좋은가?' 하고 말입니다. 그렇게 되면 자신이 정말로 무엇을
원하는지를 알 수 없게 됩니다.

정말로 친구를 늘리고 싶은지
생각해보세요

새로운 친구를 사귀는 것은 매우 쉽습니다. 많은 사람과 넓고 얕게 사귀며 친구들에게 둘러싸여서 즐겁게 지낼 수 있습니다. 하지만 쉽게 사귄 친구에게 기대할 수 있는 것은 얕은 만남이 대부분입니다.

친구 만들기에 소극적이 될 때는 자신이 정말로 '넓고 얕게 사귈 수 있는 친구'를 바라는지 가슴에 손을 얹고 물어보세요. '친구를 갖고 싶어?'라는 첫 번째 물음에는 '갖고 싶어.'라고 대답할 것입니다. 하지만 이는 일반 상식에 사로잡힌 답인 경우가 대부분입니다. '정말로 갖고 싶어?' 하고 여러 번 물어보고 자신의 속마음을 끌어내보세요.

머릿속으로 이어지는 친구가
있는 것만으로도 충분해요

자신의 본심이 친구를 많이 갖고 싶은 것이 아닌 경우에는 친구를 사귀려고 무리할 필요는 없습니다. 당신이 원하는 것은 아마 깊은 신뢰감으로 이어지는 사람일 것입니다. 그리고 그런 친구가 이미 있을 것입니다.

공감하고 서로 신뢰할 수 있는 진짜 친구는 자주 만나지 않아도 됩니다. 상대방을 떠올리고 머릿속으로 이어지는 것만으로도 충분하기 때문입니다. 오랫동안 만나지 않았다고 해도 '예전에는 좋은 친구였지만 변했을지도 몰라.' 하고 걱정할 필요는 없습니다. 지금 당신이 느끼는 친구의 인상은 '지금 그 사람'의 것이기 때문입니다.

—

친구 사귀기가 귀찮은 것은
쉽게 만들 수 있는 친구를 바라고 있기 때문입니다.

Column

의문을 느끼고 있는 것은
누구인가요?

상식 지적

'이렇게 살면 안 돼.'라는 생각이 들면 나도 모르게 우울해집니다. 하지만 자신을 탓하거나 부정하기 전에 '이렇게 살면 안 돼.'라고 말하는 것이 누구인지 생각해볼 필요가 있습니다. 자신이라고 대답할지도 모릅니다. 하지만 정말로 그렇게 생각하는지 자신의 마음에 물어보세요.

사람은 본래 자신이 가장 편안하게 느끼는 곳에 머무르게 되어 있습니다. 단 그것이 일반적으로 좋은 것이 아니라면 '상식'이 '그러면 안 돼.'라고 참견할 수 있습니다. 참견의 주인이 '상식'인 경우에는 신경 쓸 필요가 없습니다. 자신의 속마음을 따라 있는 그대로의 나로 있으면 됩니다.

친구와 즐겁게 지내는 사람을 보면 부러워요

점심시간에 당신이 혼자 식사하고 있는 식당에 한 무리의 여성이 들어왔습니다. 그들은 회사 동료처럼 보이고 화기애애하게 대화를 나누고 가끔 큰 웃음소리가 나기도 합니다. 당신은 즐겁게 웃고 있는 그들이 조금 부럽습니다. 동시에 홀로 밥을 먹고 있는 자신의 모습이 쓸쓸합니다. '혼자 지내는 게 싫지는 않지만 역시 친구가 있는 것은 좋아 보여. 왜 내게는 저런 친구들이 없을까?'라는 생각도 듭니다. 하지만 사실 이 고독은 당신의 감정이 아닙니다. 즐겁게 담소를 나누고 있는 여성들 중 누군가의 감정입니다.

통하지 않는 상대방과 함께 있을 때 고독해요

우리는 언제 고독을 느낄까요? 혼자 있을 때는 아닙니다. '나는 외톨이야.'라는 생각은 '함께 있는 상대방과 통하지 않을 때' 듭니다. 같은 곳에서 같은 것을 하는데 공감하지 못하는 것이야말로 고독감이 드는 이유입니다.

식당에서 본 여성들은 겉으로는 즐겁게 지내고 있을지 모릅니다. 하지만 그중 누군가는 무의식중에 '이 사람들과는 공감할 수 없다.'라고 느낄 수 있습니다. 아마 본인은 자신이 고독을 느끼고 있음을 모를 테지만 말입니다.

사람의 뇌는 주의를 기울인 상대방과 이어질 수 있습니다. 그렇기 때문에 고독감을 느낀 그녀의 뇌가 당신과 이어졌을 때 당신에게 그 마음이 전해집니다. 당신은 그녀의 고독감을 알아채지만, 그것을 자기 자신의 감정과 구분하지 못합니다. 그래서 '혼자 있는 것이 힘들다.'라고 착각하며 무리지어 있는 그들을 부러워하는 것입니다.

혼자 있으면 제한 없이
친구와 이어질 수 있어요

어째서 당신이 느끼는 고독감이 당신의 것이 아니라고 하는 걸 까요? 우리는 본래 혼자 있을 때는 고독감을 느끼지 않기 때문입 니다. 누군가와 함께 있을 때 우리 뇌는 함께 있는 상대방과 이어 집니다. 동시에 그 자리에 없는 사람과의 이어짐은 약해집니다.

정말로 신뢰할 수 있는 친구는 뇌로 이어지기만 해도 서로 통 하고 있다는 안도감이 듭니다. 하지만 눈앞에 있는 사람과 이어 지는 동안에는 그 자리에 없는 친구와 잘 이어지지 않습니다. 그 래서 공감할 수 없는 상대방과 함께 있으면 외로움이나 불안을 느 끼는 것입니다.

혼자 있을 때는 누구하고도 자유롭게 이어질 수 있습니다. 머 릿속 이어짐에는 제한이 전혀 없습니다. 친구가 시차가 있는 외 국에서 깊은 잠에 빠져 있든, 일에 치여 있든, 목욕하고 있든 일절 상관없습니다. 언제든 내 마음대로 이어질 수 있습니다.

떨어져 있는 상대와 뇌로 이어지면 서로의 감정이 직접적으로 전해집니다. 실제로 만나면 "당신을 신뢰하고 있어!" 하고 말하기 가 어려운 법입니다. 하지만 떨어져 있으면 그런 마음도 자연스럽게 주고받을 수 있습니다.

신뢰할 수 있는 친구와의 연결은 우리의 마음을 따뜻하게 해줍니다. 그러한 이어짐을 유지하면 긴장도가 떨어져 안심하며 지낼 수 있습니다. 그런 상태에서 고독감을 느끼는 사람은 없습니다. 혼자 있을 때일수록 신뢰하는 친구와의 이어짐을 실감할 수 있습니다. 그럴 때 잠입해온 고독감은 타인의 것인 경우가 많습니다.

—

혼자서 지내는 시간이 바로 친구와 이어질 때입니다.
그러니까 혼자 있을 때는 고독감을 느끼지 않습니다.

내 매력이 부족해서 친구가 없는 것 같아 우울해요

　친구의 수는 자신이 원하는 관계가 '넓고 얕게'인지, '좁고 깊게'
인지에 따라 달라집니다. 친구가 적은 이유가 매력이 없기 때문
은 아닙니다. 그래도 많은 친구에게 둘러싸인 사람을 매력적이라
고 생각한다면, 자신도 그런 사람이 될 수 있도록 타인에게 다가
가보세요. 이때 효과적인 것은 '이런 사람이 될 수 있으면 좋겠다.'
싶은 사람을 찾아서 그 사람 흉내를 내는 것입니다. 'A는 말투가
호감을 주므로 말투를 따라 하면 되겠다.' 같은 논리로 생각하지
않는 것이 중요합니다. 복장, 헤어스타일, 화장, 시늉, 표정 등 무
작정 자신이 할 수 있을 만한 것부터 따라 해보세요.

물론 매력적인 사람을 흉내 냈다고 해서 자신의 내면까지 바뀌어서 친구가 갑자기 늘어나는 것은 아닙니다. 실제로 해보지 않으면 무슨 일이 일어날지 알 수 없습니다. 자신의 행동이 어떤 효과가 있는지, 어떤 결과가 될지 모른다는 것이 중요합니다. 모른다고 느꼈을 때 무의식이 기동하기 때문입니다.

'갑자기 옷차림을 바꾸기가 부끄럽다.', '밝게 말을 걸었는데 반응이 신통치 않아서 다시는 말을 못 걸겠다.' 같은 마음은 모두 의식적인 것입니다. 무의식이 기동한 순간 의식은 움직이지 않게 됩니다. 무의식중에 한 말과 행동은 의식에 얽매여 있을 때와는 다른 결과로 이어집니다.

흉내 내고 싶지만 못하는 이유는 암시가 들어 있기 때문이에요

매력적인 사람의 흉내를 내는 데 거부감이 드는 사람도 있을 것입니다. 흉내 낼 수 있다면 진작 했다고 말하는 사람은 두 가지 유형으로 나눌 수 있습니다.

첫째는 아무리 효과가 있더라도 '흉내를 내기 싫은 유형'입니다. 이런 사람은 진심으로는 자신을 바꾸고 싶지 않다고 생각합니다. 본심은 친구가 적은 자신에게 만족하고 있으므로 억지로 바꿀 필요는 없습니다.

둘째는 '흉내를 내고 싶지만 못하는 유형'입니다. 흉내 내지 못하는 이유는 '그렇게 해도 내가 변할 리 없어.'라고 생각하기 때문입니다. 질투에 의한 공격을 계속 받아온 탓에 자존감이 떨어져 무슨 일에 대해서도 '나는 못한다.'라는 암시가 들어갑니다. 이런 경우에는 우선 암시를 풀어줘야 합니다. '하고 싶지만 못한다.'라는 생각이 든다면 마음속으로 '저주의 암시가 걸려 있다.'라고 외쳐보세요. 그리고 아무리 작은 것이어도 좋으니 하나씩 하고 싶은 것을 실천해보세요.

하루에 하나씩, 작은 변화를 쌓아가세요

암시를 풀기 위해서는 담담하게 계속하는 것이 중요합니다. 그렇다고 나를 바꾸려고 너무 애쓸 필요는 없습니다. 예를 들어 매력적인 사람의 화장을 따라 해보기로 했다면 첫날은 속눈썹을 붙

여보고, 다음 날은 립스틱을 발라보고, 그다음 날은 볼터치를 발라보는 등 하루에 하나씩 바꾸면 됩니다.

주변에서 알아채지 못해도 본인은 누군가가 눈치채줄지도 모른다고 의식하게 됩니다. 이런 마음의 변화에 따라 조금씩 자존감도 올라갑니다. 이러한 변화는 조금씩 진행하는 것이 중요합니다. 한꺼번에 크게 변신해버리면 친구가 질투 발동을 일으킬 가능성이 있기 때문입니다. 그렇게 되면 부정적인 말을 듣거나 상대방의 부정적인 감정이 뇌에 흘러들어가 '나에게는 이런 화장은 어울리지 않아.' 하고 다시 원래대로 돌아오게 될 수도 있습니다.

하지만 주변 사람들이 눈치채지 못할 정도의 작은 변화라면 질투를 받지 않습니다. 조금씩 자신을 바꿔나감으로써 무의식이 움직여 어느 순간 '되고 싶었던 나'가 될 수 있습니다.

―

선망의 대상을 찾으면 할 수 있는 것부터 흉내 내보세요.
자신이 바뀜으로써 무의식이 움직여 현실도 바뀌기 시작합니다.

친구가 있으면 지금보다 확실히 재미있을 것 같아요

문득 '친구와 함께 놀러가거나 일상의 사소한 일을 화젯거리로 삼아 담소를 나누면 참 재미있겠다.'라는 생각이 들 때 당신은 어떻게 할 건가요? '친구가 많다고 좋은 건 아니다. 나는 지금 이대로 나와 잘 맞는 친구 관계를 유지하면 된다.' 하고 자신에게 들려줄 건가요? 아니면 열심히 친구를 사귀려고 노력할 건가요?

아쉽게도 어느 쪽도 백점 만점의 대응이라고는 할 수 없습니다. 이럴 때는 느낀 것을 잊을 필요도 없을뿐더러 무리해서 노력할 필요도 없습니다. 그러면 어떻게 해야 할까요? '친구가 있으면 좋겠다.', '분명 재미있겠지.'라는 마음을 솔직하게 인정하면 됩니다.

꿈과 목표의 차이는
무의식과 의식의 차이예요

'이러면 좋겠다.', '이런 것을 할 수 있으면 좋겠다.'라고 두루뭉 술하게 생각하는 것은 '꿈을 그리는 것'입니다. 이에 대해 '이렇게 하자.', '이런 일을 할 수 있도록 하자.'라고 생각하는 것은 '목표를 가지는 것'입니다. 꿈은 무의식의 영역에서 생각하는 것입니다. 부정하지 말고, 그렇다고 억지로 노력하지 말고, 그저 계속 생각 하다 보면 꿈은 언젠가 반드시 실현됩니다.

목표는 의식적으로 가지는 것입니다. 달성하기 위해서는 어떻 게 해야 하는지를 생각하고, 그 목표를 향해서 노력해야 합니다. 하지만 아무리 노력해도 목표로 내건 일은 실패할 가능성이 높습 니다. 왜냐하면 사람의 마음에는 사물을 일정 상태로 유지하려고 하는 '항상성'이 작용하기 때문입니다.

중학교 과학 수업에서 배우는 '작용과 반작용의 법칙'을 떠올려 보세요. 벽에 손을 대고 밀면 벽에는 당신의 '미는 힘'이 가해집니 다. 하지만 동시에 당신의 손에는 벽이 '밀어내는 힘'이 가해집니 다. 그리고 당신의 미는 힘이 강해지면 벽의 밀어내는 힘도 강해 집니다.

우리의 마음도 이와 같이 균형을 유지하고 있습니다. 목표를 향해 열심히 하려는 '작용'이 강해질수록 '아니, 무리야.'라는 '반작용'도 강해집니다. '할 수 있다는 마음'과 '할 수 없다는 마음'이 같은 강도로 작용하기 때문에 '할 수 있다는 마음'이 우위가 되지 않습니다. 그렇기 때문에 노력은 보상받지 못하고, 목표를 완전히 달성하지 못하는 경우도 많습니다.

꿈을 가진 사람에게는 사람을 끌어들이는 힘이 있어요

하지만 '꿈'에는 반작용이 일어나지 않습니다. 항상성이 관련되는 것은 의식적으로 무언가를 하는 경우뿐이기 때문입니다. 친구가 있으면 좋겠다고 생각한다면 그것을 꿈으로 계속 품으세요. 그리고 즐거운 상상을 많이 부풀려보세요. '여름방학에는 같이 축제에 갈 수 있을까?', '재미있게 읽은 책을 서로 교환해서 보면 좋겠다.', '영화 이야기를 나누는 것도 재미있겠다.' 하고 말입니다.

이때 '~하고 싶다.', '~가 되고 싶다.'라고 자신이 노력하는 방향으로 생각하지 않도록 주의해야 합니다. 의식적이 되면 '할 수 없어.'라는 반작용이 일어나기 때문입니다. 어디까지나 꿈으로서 '~라면 좋겠다.'라고 머릿속에 그리는 것이 좋습니다.

무의식중에 꿈을 가지고 있는 사람에게는 반드시 빛나는 부분이 있습니다. 우리는 누구나 빛나는 부분을 가진 사람에게 끌리는 법입니다. 당신에게 끌려서 뇌가 이어진 사람에게는 당신이 머릿속에 그리는 즐거운 꿈이 전해집니다. 당신의 꿈을 받아들인 상대방은 '이 사람이랑 함께 있으면 재미있겠다.', '이 사람과 친구가 되고 싶다.'라고 느낍니다. 이렇게 현실이 바뀌기 시작하고 당신의 꿈이 현실이 되어갑니다.

—

'~라면 좋겠다.'라는 마음을 꿈으로 계속 가지고 있으면
반드시 실현됩니다.

친구 앞에서 '다른 나'를 연기하는 게 괜찮은 걸까요

'있는 그대로의 나로 있고 싶다.', '나의 본모습을 받아들여주면 좋겠다.'라고 생각하는 사람이 많을 것입니다. 나의 본모습'이란 어떤 나일까요? '본모습'이라는 것은 아무것도 없습니다. 재미있는 사람, 착한 사람, 똑똑한 사람 등 지금까지 습득해온 '~한 사람'이라는 상식을 모두 버리고 '그냥 사람'인 상태입니다. 아무것도 없는 자신을 당신은 어떻게 생각할까요? 아마 불안해질 것입니다. '나는 아무런 특징이 없는 시시한 인간이다.', '이런 나랑 같이 있어 주는 사람은 없지 않을까?' 많은 사람이 이런 기분이 들 것입니다. 그래서 우리는 '다른 나'를 만드는 것입니다.

'다른 나'를 만들 수 있는 사람은 환경 적응 능력이 높습니다. 직장에서는 듬직한 사람, 학창시절의 친한 친구들 사이에서는 조언자, 아이 친구 엄마들 사이에서는 침착한 사람처럼 만나는 사람마다 카멜레온처럼 변장할 수 있습니다. 다만 변장에는 한계가 있습니다. 그렇기 때문에 '다른 나'를 잘 만들어도 완벽하지 않고 위화감을 느끼는 일도 있습니다.

우리는 모두 '다른 나'를 연기하고 있어요

'본모습의 나 = 아무것도 없는 나'인 것은 누구나 같습니다. 아무것도 없는 나를 불안하게 생각하는 것도 마찬가지입니다. 즉 우리는 모두 '다른 나'를 만들고 주변 사람들에게 맞춰서 변장하며 살고 있는 것입니다. 비유하자면 당신이 4명으로 구성된 연극단에 속해 있고 당신을 포함한 4명 모두가 캐릭터를 연기하고 있는 것입니다. 그러니까 '절친한 그룹'으로서 관계가 잘 이어지는 부분도 있습니다.

풍경을 구성하는 요소를 생각해보세요. 풀이 있고, 나무가 있고, 바위가 있고, 꽃이 있습니다. 나무를 연기하는 당신에게 다른 세 요소는 원래 거기에 있는 자연처럼 느껴질지도 모릅니다. 풀과 나무와 바위의 풍경 속에 고층 빌딩이 솟아 있다면 분명 이상할 것입니다. 작은 바위 주변에 꽃만 대량으로 피어 있는 풍경도 균형이 좋다고는 할 수 없습니다. 우리는 만나는 사람에 따라 만났을 때 조화롭게 하나의 풍경이 완성되듯 캐릭터를 고르고 각자 연기하는 것입니다.

'본모습의 나'로 있을 수 있는 것은 혼자 있을 때뿐이에요

아무것도 없는 '본모습의 나'를 불안하게 생각하는 것은 극히 자연스러운 일입니다. '본모습'으로 있을 수 있는 것은 일반적으로 혼자 있을 때뿐입니다. 누군가와 함께 있을 때 '다른 나'를 만들지 않는 것은 애당초 무리입니다. '남 앞에서 다른 나가 되는 것'은 누구나 하고 있습니다. 다른 나를 연기하는 것을 나쁜 일처럼 여길 필요는 없습니다. 주변에 걸맞은 변장으로 나를 지키고 인간관계를 원만하게 하기 위해 필요한 기술의 일종이기도 하니까 말입니다.

'다른 나를 연기하지 않는 사람은 없다.'라고 단언해버리면 반론하는 사람도 있을 수 있습니다. 가령 A는 누가 봐도 연기하고 있는 것처럼 보이지 않고, B는 누구와 있어도 자연스럽습니다. 결론을 말하면 A도 B도 완벽하게 변장하고 있습니다. A는 '연기하지 않는 사람'이라는 캐릭터를 연기하고 있을 뿐입니다. B도 '항상 자연스런 사람'이라는 캐릭터를 연기하고 있습니다.

두 사람이 연기하는 것처럼 보이지 않는 이유는 연기를 잘하기 때문입니다. 언뜻 보면 본모습처럼 보이지만 가까이서 보면 꽤 분장이 두꺼운, 마치 내추럴 메이크업을 하고 있는 사람과 마찬가지입니다.

남과 함께 지낼 때 '본모습의 자신'으로 있을 수 있는 사람은 없습니다.
다른 나를 연기하는 것은 주변에 적응하는 기술 중 하나입니다.

사람들은 왜 나를
신경 쓰지 않는 걸까요

'힘들 때나 외로울 때, 친구라면 조금 더 나를 신경 써줘도 될 텐데….'라는 마음이 진심인지 자신의 마음에 물어보세요. 아마 본심이 아닐 것입니다. 당신이 정말로 신경 쓰고 있는 것은 사람들이 나를 신경 쓰지 않는 것이 아니라 '자기 자신이 타인에게 관심을 가지지 못하는 것'이 아닐까요?

타인에게 관심이 없고 타인에게도 관심을 바라지 않는 당신의 마음에는 '친구를 챙겨줘야 한다.'라는 일반 상식이 깔려 있습니다. 그러니까 보이는 모습에 집착하고, 필요하다고 느낄 때 격려나 위로의 말을 건네기도 합니다.

하지만 뇌가 이어진 시점에서 당신의 본심은 상대방에게 다 들통이 납니다. 친절한 말이나 배려가 마음으로 우러나온 것이 아님이 전해집니다. 그러니까 상대방은 당신에게 보답하려고 하지 않는 것입니다.

당신은 본심이 꿰뚫린 것을 눈치채지 못하고 조금 불만을 가집니다. '나는 A에게 친절하게 대했는데 왜 A는 나를 전혀 신경 쓰지 않을까?' A는 당신의 본심을 알고 있기 때문입니다. 당신이 한 행동은 A를 위한 것이 아닙니다. A의 보답을 기대하고 '먼저 친절하게 하자.'라고 생각한 것뿐입니다.

타인에게 관심 있는 사람이 일반적인 것은 아니에요

당신은 타인에게 관심이 없는 자신을 '조금 이상하다.'라고 생각하고 있습니다. 왜냐하면 세상에서는 '친구는 서로 챙겨줘야 한다.'라고 말하기 때문입니다. 일반 상식에 해당하지 않는다는 이유로 불안해하는 것입니다. 그래서 일부러 상식적인 행동을 하려고 합니다. 나부터 친구를 챙기는 자세를 보이면 상대방도 돌려줄 것이라고 생각합니다. 하지만 이상하게도 항상 기대가 무너지고 맙니다.

이는 화성인이 지구인인 척하는 것과 같습니다. 당신이 생각하는 상식은 단순한 착각인 경우가 대부분입니다. 실제로는 타인을 신경 쓰는 사람이 있는가 하면 신경 쓰지 않는 사람도 있습니다. 이것은 단순히 유형일 뿐 어느 쪽이 옳다고 할 수 없습니다.

상식에 얽매여서 무리할 필요는 없습니다. 화성인은 화성인인 채로 괜찮습니다. 게다가 타인에게 관심이 없는 사람은 당신이 생각하는 만큼 소수파가 아닙니다. 당신이 친구를 챙겨주는 척했듯이 타인에게 관심 있는 것처럼 보이지만 실은 자신밖에 관심이 없는 사람도 많습니다.

—

'나를 신경 써주면 좋겠다.'는 '남에게 관심이 없다.'의 반증입니다.
'친구는 서로 챙겨줘야 한다.'라는 상식은 잊으세요.

4장

어른이 되어도
친구를 사귈 수 있을까요?

:

친구 찾기의 첫걸음은
이상적인 친구를
그려보는 거예요

· · ·

　흔히 어른이 되어서 새로운 친구를 만들기는 어렵다고 말합니다. 하지만 친구를 갖고 싶은 마음이 들 때가 바로 친구를 만들 기회입니다. 우리의 뇌는 미래와도 이어집니다. 즉 당신이 지금 친구를 갖고 싶다고 생각하는 것은 앞으로 새로운 친구가 생긴다는 사실을 알기 때문일 수 있습니다. 그러므로 '이제 와서 친구 사귀기는 무리야.'라고 단정 지을 필요는 없습니다.

　누구나 마음만 먹으면 친구는 언제든지 사귈 수 있습니다. 어떤 친구를 원하는가에 따라 찾는 방법이 달라질 뿐입니다. 당신은 얕고 넓게 많은 친구와 사귀고 싶은가요? 아니면 수는 적어도 깊이 만날 수 있는 친구를 원하는가요?

인사를 나누기만 해도
친구가 될 수 있어요

가벼운 담소를 나누거나 가끔 함께 식사하러 가는 '즐겁게 놀기 위한 친구'라면 바로 사귈 수 있습니다. '얼굴을 보면 웃는 얼굴로 인사하기', '눈이 마주치면 미소 짓기'만으로도 그 사람과 당신은 친구가 됩니다.

'인사한 것만으로 친구라니 착각이 아닐까?' 하고 의아해하는 사람도 있을 것입니다. 하지만 실제로 빠르게 친구가 될 수 있습니다. 웃는 얼굴로 인사한 사람에게 친절하게 말을 걸면 상대방도 친절한 태도로 응해줍니다. 웃는 얼굴로 인사를 나눠놓고 말을 걸었을 때 갑자기 데면데면해지는 사람은 없습니다.

사람은 주의를 기울인 상대방과 뇌로 이어질 수 있습니다. 당신이 친구가 될 생각으로 인사하거나 미소를 지었다면 그 마음은 상대방에게 전해집니다. "친구가 되어주세요."라고 말할 필요는 없습니다. 인사하고 방긋 웃는 것만으로 금세 친구가 될 수 있습니다.

신뢰할 수 있는 친구를 사귀고 싶다면 이상적인 친구를 상상해보세요

진심으로 신뢰할 수 있는 친구를 바란다면 '이런 친구를 사귀고 싶다.'라고 그려보세요. 그런 친구 후보가 주변에 있는지 생각할 필요는 없습니다. '이런 사람과 친구가 되고 싶다.', '친구가 되면 이런 걸 하고 싶다.' 하고 이상적인 친구의 이미지에 더해 그 사람과 하고 싶은 것, 말하고 싶은 것 등을 구체적으로 이것저것 떠올려보세요. 이때 가능한 한 즐거운 상상을 하는 것이 성공 비결입니다.

머릿속으로 생각하면 우선 자신이 변합니다. 즐거운 꿈으로 머릿속을 가득 채우면 그 즐거움이 뇌를 통해서 타인에게도 전해집니다. 즐거워 보이는 사람은 주변에 자연스럽게 사람이 모여듭니다. 이렇게 새로운 지인이 늘어나다 보면 공감하고 존경할 수 있는 친구를 만날 가능성도 높아집니다.

'낯을 가려서', '얌전하고 말주변이 없어서' 등 친구가 적은 사람에게는 자신만의 이유가 있습니다. 하지만 사람은 의외로 변하기 쉽습니다. '변하지 못하는 이유'는 변하기 싫다고 생각하기 때문입니다. 정말로 나를 바꾸고 싶다고 생각하면 언제든지 '친구가 생기는 나'로 바뀔 수 있습니다. 단 바뀌자고 노력하는 것은 역효과입니다. '이렇게 되고 싶다.'라고 막연하게 꿈꾸다 보면 신기하게도 자연스럽게 한 발짝 더 내디딜 수 있게 됩니다.

—
나만 마음먹으면 언제든지
'친구를 사귈 수 있는 나'로 변할 수 있습니다.

:
작은 '동경'이
친구를 끌어당겨요

·　·　·

　　살다 보면 타인에게 질투를 느낄 때가 있습니다. 질투의 대상이 되는 것은 나보다 아래라고 생각했는데 내게 없는 좋은 것을 가지고 있거나 나보다 잘된 사람입니다. 애당초 사람 관계에 위아래는 없지만, 질투는 발작처럼 일어나므로 이런 논리와는 상관없습니다. 일단 스위치가 켜지면 상대방을 망가뜨리고 싶은 마음이 폭주합니다. 평소에 '질투하지 말자.'라고 스스로를 타일러도 소용없습니다. 질투 발동은 동물적인 본능에 의한 것이므로 이성으로 억제할 수 없습니다.

　　대부분의 경우, 질투 스위치는 '긴장감'으로 인해 켜집니다. 자신이 공격당하지 않을까, 미움받지 않을까 하는 마음이 타인에 대한 질투를 일으키는 계기가 됩니다. 또 긴장감이 계속되어 스트레스가 쌓이면 뇌가 전기를 띠게 됩니다. 이런 상태는 주변 사람들에게도 전해집니다. 긴장감을 받아들인 상대방은 당신을 '동료'가 아니라 '나보다 아래'로 간주합니다. 그렇게 되면 당신에 대해 질투 발동을 일으킬 가능성이 생깁니다.

긴장하고 있으면 자신이 질투 발동을 일으키기 쉬운 데 더해, 타인으로부터의 질투 공격도 받기 쉬워집니다. 반대로 긴장이 사라지면 질투할 일도, 질투받을 일도 적어집니다.

긴장감을 낮추는 데 가장 좋은 방법은 친구를 사귀는 것입니다. 친구와의 공감은 뇌에 쌓인 스트레스를 발산하는 데 효과적입니다.

존경의 마음이 질투 스위치를 꺼요

친구에 대한 마음으로 가장 중요한 것이 '존경'입니다. 함께 있을 때 안심되고 서로 공감할 수 있는 친구는 물론, 목적을 위해서 사귀는 친구도 서로에 대한 마음의 기반에는 존경이 있어야 합니다. 친구란 위아래라는 의식 없이 대등하게 사귈 수 있는 상대입니다. 즉 서로 질투하지 않는 관계입니다.

상대방을 존경하는 마음은 우리 속에 있는 '질투 스위치'를 끕니다. 존경은 상대방을 나보다 위라고 인정하는 것입니다. 그러니까 상대방에 대한 질투 발동은 일어나지 않습니다. 또 자신을 존경하는 사람을 질투하는 사람은 없습니다. 그러면 상대방으로부터의 공격을 두려워하며 긴장할 필요도 없어집니다. 서로 질투 발동이 일어나지 않으면 '본래의 나'로 상대방을 마주할 수 있고 친구도 될 수 있습니다.

존경할 수 있는 사람은 모두 친구예요

서로를 잘 아는 친구라면 모를까, 갓 알게 된 지인이나 앞으로 친구가 되고 싶은 사람을 '존경할 수 있을까?' 하고 생각할 수 있습니다. 하지만 여기서 말하는 '존경'이란 인격적인 훌륭함을 인정하는 수준만을 가리키는 게 아닙니다.

친구에 대한 존경은 상대방을 '대단하다'라고 생각하는 것만으로도 충분합니다. '대단한 이유'는 뭐든 상관없습니다. 노래를 잘한다, 옷을 잘 입는다, 웃는 얼굴이 예쁘다 등 사소한 것이어도 꽤

찮고 아주 대단한 것이어도 괜찮습니다. 상대방을 대단하다고 생각하는 것이 중요합니다.

존경할 수 있는 부분을 가진 사람은 모두 당신의 친구입니다. 우리는 뇌로 이어질 수 있으므로 '대단하다'라는 마음은 입 밖으로 꺼내지 않아도 상대방에게 전해집니다. 이런 마음이 전해진 상대방과는 자연스럽게 거리가 가까워집니다. 그리고 언젠가 친구가 될 수 있습니다.

—

아무리 작은 일이라도 대단하다는 마음이 드는 친구하고는
서로 질투하지 않아도 되고, 친구가 될 수 있습니다.

:
'왜?'는 다른 문화를
이해하기 위한 키워드예요

· · ·

'말하면 안다.'라고 하지만 사람의 마음은 말할수록 모르는 부분이 더 많은 것이 현실입니다. 타인의 마음은 모르는 것이 당연합니다. 특히 공감하기 어려운 사람끼리는 아무리 잘 설명해도 이해를 잘 못합니다. '말하면 알아줄 것이다.'와 같이 막연하게 생각하면 열심히 설명해도 이해해주지 않아 오히려 고독감만 커질 뿐입니다.

또 '힘든 일은 말하기만 해도 편해진다.'라고 하지만 이것도 망상입니다. 마음을 털어놓아도 공감을 얻지 못하면 편해지지 않습니다. 이런 사실은 본인도 잘 알고 있습니다. 그럼에도 왜 누군가에게 마음을 터놓고자 하는 것일까요?

지금까지 한 번도 이해받은 적이 없지만 이번에는 다를 거라고 의식적으로 생각할 때도 있습니다. 하지만 우리는 기적은 일어나지 않음을 알고 있습니다. 또한 '말할수록 모르는 현실'을 바꿀 필요가 없음을 알고 있습니다. 내게 정말 필요한 것은 이해가 아니라 '말하지 않으면 이해해주지 못하는 현실'이기 때문입니다.

'이해한 척'은 상대방의 힘을 빼기 위한 공격이에요

당신이 A에게 고민을 털어놓았다고 합시다. 타인의 마음을 아는 사람은 없으므로 A도 당신의 마음은 모릅니다. 그럼에도 A는 '이해한 척'을 하면서 당신의 이야기를 들어줍니다. 이것은 A가 친절해서일까요? 안타깝지만 A의 행동은 '당신의 힘을 뺏는 것'에 지나지 않습니다.

힘들 때 우리가 정녕 해야 할 것은 자신에게 물어보는 것입니다. 내가 정말 외로운지 반복해서 물어보고 무의식과 이어져야 합니다. 자신의 본심을 스스로 깨달음으로써 비로소 편안해질 수 있습니다. 하지만 A가 이해해줬다고 느끼면 당신은 스스로에게 묻는 것을 그만둬버립니다. 무의식과 이어질 기회를 놓치는 것입니다.

무의식에는 큰 힘이 있습니다. 그 힘과의 이어짐을 방해하는 것은 A의 질투 발동에 의한 공격 때문입니다.

진짜 친구라면 그런 공격은 하지 않을 것입니다. 당신의 힘든 마음을 받아들이고 나서 '본인 스스로 해결할 수밖에 없어.'라고 생각할 것입니다. 친구의 그런 메시지는 말로 주고받지 않아도 당신에게 전해지는 법입니다.

'당신을 알고 싶다는 마음'을 전하세요

자신과 상대방의 퍼스널 수치의 격차가 큰 경우에는 처음부터 공감하기 어려울 수 있습니다. A는 당신이 고민하는 이유를 몰라서 난처하고, 당신은 A의 대응에 불만을 품게 되는 일이 일어나기 쉽습니다. 다른 사람도 나와 같다는 생각 때문에 어긋남이 생기는 것입니다.

잊지 말아야 할 것은 나와 같은 사람이 없다는 사실입니다. 상대방과 문화 차이를 크게 느꼈을 때는 이해한 척하는 행동도, 자신의 가치관이나 상식을 밀어붙이는 행동도 하지 말아야 합니다.

그 대신에 '왜?'라고 말해보기 바랍니다. 왜 그렇게 생각했는지, 왜 그렇게 생각하는지 물어봄으로써 상대방에게 두 가지 메시지가 전해집니다. 첫째는 지금 말로는 내 생각이 상대방에게 전해지지 않았다는 것이고, 둘째는 내가 상대방에 대해서 더 알고 싶어 한다는 것입니다.

왜냐고 묻고 대답을 들으세요. 모르면 또 물으세요. 이것을 반복함으로써 다른 문화를 알 수 있습니다. 서로의 문화를 충분히 알면 공감하게 되고 깊이 연결되는 친구가 될 수 있습니다.

모르는 것이 있을 때 '왜?'라고 묻는 것은
다른 문화를 아는 계기가 됩니다.

분위기를 잘 파악하지 못해서인지 '별난 사람' 취급을 받아요

'실제로는 아닌데 성격이 드세 보인다.', '무뚝뚝해 보이는 탓에 말 걸기 힘든 것 같다.' 등 친구가 잘 안 생기는 이유를 자신의 부정적인 인상과 관련지어서 생각하는 사람이 많습니다. 우리는 아직 대화를 나눈 적이 없는 사람을 자신이 받은 인상만으로 '~어떤 사람'이라고 단정해버리는 경향이 있습니다. 하지만 다양한 인상을 만들어내고 있는 것은 겉모습이나 태도뿐만이 아닙니다.

우리의 뇌는 주의를 돌린 상대방과 이어질 수 있습니다. 즉 상대방이 느낀 것은 당신이 생각한 것이기도 합니다. '다른 사람이 나를 어떻게 생각할까?' 하고 짐작해볼 때 '밝고 귀엽고 똑똑해 보인다.'와 같이 생각할 수 있는 사람은 별로 많지 않을 것입니다. 오히려 자신에게 부족하다고 느끼는 부분에만 눈길이 가서 필요 이상으로 부정적으로 되어버리는 사람이 많습니다.

만약 당신이 스스로에 대해 '나는 분위기 파악을 잘 못한다.', '자연스럽게 어울리지 못해서 별난 사람이라고 여겨진다.'라고 생각해버리면 그 생각이 주변 사람들에게도 전해집니다. 자신에 관한 부정적인 인상은 자기 자신이 만들어내는 경우가 많습니다. 그리고 대부분의 경우 그 원인은 당신이 다른 사람의 마음을 지나치게 헤아리는 데 있습니다.

다른 사람의 마음을 지나치게 헤아리는 습관을 버리세요

타인이 나에 대해 '본래의 나와는 다른 이미지를 가지고 있다.'라고 느낀다면 다른 사람의 마음을 헤아리는 습관부터 버리세요. '그 사람은 나를 이렇게 생각할 거야.'와 같이 일일이 상상하는 것을 그만두세요.

자신과 똑같은 사람은 없으므로 자신 이외의 사람이 무엇을 어떻게 생각하는지는 알 수 없습니다. 그런데도 미리 선수 쳐서 깊이 해석하려고 하니까 자신에 대한 부정적인 착각이 생깁니다. 그리고 착각으로 만들어낸 부정적인 자신의 이미지가 주변에 전해지는 결과가 됩니다.

타인이 자신을 어떻게 생각하는지 생각하는 습관을 그만두면 자신에 대한 부정적인 생각이 떠오르는 일도 없습니다. 그러면 자연스럽게 남에게 주는 인상도 달라집니다.

자신을 지키기 위해서 일부러 분위기 파악을 하지 마세요

분위기 파악이 어려운 것은 분위기 파악 능력이 부족해서가 아닙니다. 실제로는 굳이 분위기를 파악하지 않으려 하기 때문입니다. 사람들과 엮이는 것을 피하는 것입니다. 그런 행동을 하는 이유는 자기 자신을 지키기 위해서입니다. 지금 주변에 있는 사람들과는 문화 차이가 너무 커서 공감할 수 없다고 느끼고, 억지로 엮이면 상대방이 질투 발동을 일으켜서 공격당하는 것을 알기 때문에 무의식중에 거리를 유지하는 것입니다.

이런 경우에는 자신과 퍼스널 수치가 가까운 상대를 찾아 그 사람과 사귀는 방법을 생각해봐도 좋습니다. 물론 퍼스널 수치가 크게 차이 나는 상대방과도 친구가 될 수 있습니다. 그러려면 서로 상대방을 알려고 해야 합니다. 서로를 깊이 이해하기까지는 시간이 걸립니다.

자신과 비슷한 문화를 가진 상대방과는 공감하기 쉽습니다. 서로 공감하고 대등한 관계로 있을 수 있는 자리에서는 질투 공격에서 몸을 지키기 위해 긴장할 필요도 없습니다. 긴장이 사라지면 자연스럽게 주변에 받아들여집니다. 그렇게 되면 '분위기 파악을 못한다.', '별난 사람 취급을 받는다.' 등 자신에 대한 부정적인 생각도 줄어들 것입니다.

사람의 마음을 지나치게 헤아리는 습관을 그만두면 긴장도가 떨어집니다. 부정적인 인상도 사라지므로 주변과 쉽게 어울릴 수 있습니다.

상대방의 반응이
일일이 신경 쓰여요

자신과 말하고 있을 때 상대방이 딴짓을 하면 '내 이야기가 지루한가?', 상대방의 반응이 없으면 '내가 말실수했나?'와 같은 생각을 하게 됩니다. 상대방의 사소한 반응이 모두 '내 탓'처럼 느껴진다면 당신과 그 사람 사이에는 서열 관계가 생겼을지도 모릅니다.

친구는 대등한 관계입니다. 서열 관계로 이어진 상대와는 '지배하는 쪽'과 '지배당하는 쪽'이 되어버립니다. 지배당하는 쪽에는 상대방을 기쁘게 하려는 마음이 작동합니다. 상대방의 얼굴색을 살피게 되는 것입니다. 일단 만들어진 서열 관계는 '지배당하는 쪽'이 아무리 비위를 맞춰줘도 해소되지 않습니다. 오히려 비위를 맞추면 맞출수록 위아래가 강해질 뿐입니다.

상대방의 얼굴색을 살피는 듯한 관계를 그만하고 싶으면 '지배 당하는 쪽'으로 있는 것을 그만두는 수밖에 없습니다. 자세를 낮추거나 필요 이상으로 겸손하게 행동하는 것을 그만두고, 상대방과 대등한 친구가 될 수 있으면 가장 좋습니다.

하지만 친구가 되기 위해서는 어느 정도 시간이 필요합니다. 지금 당장 해결하고 싶다면 용기를 내서 '상대방과 서열 관계를 뒤집는 방법'도 있습니다.

가만히 눈을 보고 상대방의 고독을 꿰뚫어보세요

상대방의 반응이 신경 쓰일 때는 상대방의 눈을 지그시 쳐다보세요. 이때 상대방의 표정이나 태도에 현혹되어서는 안 됩니다. 나와 똑같은 사람은 없고, 나를 완벽하게 이해할 수 있는 사람도 없습니다. 우리는 이 사실을 무의식적으로 알고 있습니다. 그래서 우리는 누구나 고독감을 느끼고 있습니다. 친구들에게 둘러싸여 화려해 보이는 소셜 버터플라이에게도 마음의 바닥에는 고독감이 있는 법입니다.

상대방의 눈을 들여다보는 것은 깊은 곳에 있는 '고독감'을 찾기 위해서입니다. 즉 상대방을 알려고 하는 것입니다. 눈빛은 자연스럽게 부드러워집니다. 위압감이 없으므로 상대방이 노려본다고 느끼는 일은 없습니다.

눈 속 깊은 곳을 들여다보면 상대방은 불편해집니다. '지배하는 쪽'으로서는 자신이 고독하다는 사실을 인정하기 싫은 법입니다. 그것을 꿰뚫어볼 것 같아 불안해지고 무심코 자신이 먼저 눈을 피해버립니다.

상대방이 눈을 피하면 두 사람 사이의 서열 관계가 뒤집어집니다. 당신은 '신경 쓰는 쪽'에서 '신경 쓰이는 쪽'이 되므로 더 이상 상대방의 반응에 두려워하지 않아도 됩니다.

반응을 신경 쓰는 것은 실은 상대방일지도 몰라요

상대방의 반응을 신경 쓰는 사람은 자신이 아니라고도 생각해볼 수 있습니다. 당신이 A의 얼굴색을 살피는 것 같아도, 실은 A

가 당신의 반응을 신경 쓰는 경우입니다. 우리는 주의를 돌린 상대방과 뇌로 이어지기 때문에 상대방의 마음이 자신에게 흘러들어옵니다. 무엇이 자신의 진짜 마음인지 구분되지 않는 경우도 종종 있습니다.

이때 해결책은 의외로 단순합니다. 자신에게 불리한 감정은 '타인의 것'이라고 생각하면 됩니다. 자신의 감정이라고 생각하면 '어떻게 해야 하지?' 하고 당황스럽거나 힘들 수 있습니다. 하지만 외부에서 들어온 타인의 감정이라고 생각하면 자신이 노력해서 대처할 필요는 없습니다. 'A가 내 반응을 일일이 신경 쓰는구나. 힘들겠구나.' 하고 가볍게 넘기면 됩니다.

불리한 감정은 정말 모두 타인의 것인지 알아낼 필요도 없습니다. 불필요한 긴장을 없애고 나답게 살기 위해서는 조금은 '남 탓'을 하는 일이 있어도 됩니다.

상대방의 반응이 신경 쓰이는 것은 '지배당하는 쪽'이기 때문입니다. 서열 관계를 뒤집어서 '신경 쓰이는 쪽'이 되세요.

상대방이 조금이라도
세게 나오면 위축돼요

다음 상황을 상상해보세요. 당신과 A는 업무의 진행 방식에 대해 상의하고 있습니다. 당신은 선배의 지시를 A에게 전합니다. 담당 부서에서 데이터를 모으고 그것을 표에 정리하라는 지시였습니다. 그것을 들은 A는 "먼저 표를 만들고 그것을 담당 부서에서 체크하는 게 빠르지 않을까?"라고 말합니다. 당신은 내심 선배의 지시대로 하는 것이 좋다고 생각하면서도 "그러네. A의 방식이 좋겠다."라고 A의 의견에 동의합니다.

당신이 A의 말에 반론하지 않은 이유는 '두뇌 회전이 빠르고 말솜씨가 좋은 A가 조금 무서워서…', '자신이 의견을 말해봤자 어차피 들어주지 않을 거라서…'일 것입니다. 즉 당신은 기가 센 A에게 위축되어서 하고 싶은 말을 못한 것입니다.

자신은 위축된 것 같아도 상대방에게는 다르게 보일 수 있어요

그렇다면 A에게는 같은 상황이 어떻게 비칠까요? 당신의 말에 대해 A는 다른 방식을 제안했습니다. 그러자 당신은 A의 의견에 바로 동의했습니다. "A의 방식이 더 좋겠다."라고 말했지만 속으로는 '선배의 지시대로 하는 것이 더 좋을 텐데…'라고 생각하고 있다는 것이 빤히 보였습니다.

A는 효율적으로 업무를 진행하려고 의견을 말했는데 당신이 그것을 귀담아 듣지 않고 스스로 생각하려고 하지 않는다고 받아들이게 됩니다. '뭐야, 이 자포자기 태도는? 자신이 한 말을 부정당했다고 생각해서 삐진 건가?' 하고 생각할지도 모릅니다.

당신은 자신의 태도를 상대방이 '자포자기'라거나 '삐졌다'라고 생각할 리 없다고 부정할 수 있습니다. 왜냐하면 그때의 자신은 누가 봐도 안절부절못하고 있었고 위축되었다고 생각할 테니 말입니다.

하지만 가령 당신이 안절부절못하고 있었다고 해도 A는 '일단 기가 센 동료의 말을 들어주면 이 자리가 조용히 끝난다고 생각하고 있겠지. 누구를 바보로 알고.'라고 생각할 것입니다.

다른 사람에게는 당신이 생각하는 '위축된 나'의 태도가 다르게 보입니다. 이유야 어떻든 '약한 나', '불쌍한 나'를 대놓고 연기하는 것은 불쾌한 법입니다. 그런 사람을 동정하고 친절하게 대해야 한다고 생각하는 사람은 없습니다. 오히려 당신이 위축될수록 상대방은 엄하게 받아들일 것입니다.

약자를 연기하는 것은 공격의 일종이에요

'위축된 나'라는 태도는 사실 상대방을 위압합니다. 상대방을 공격하는 방법은 알기 쉽게 덤비는 것만이 아닙니다. 스스로 아무것도 하지 않는 '수동 공격'처럼 공격당하고 있다는 것을 눈치채지 못하게 하고 충격을 주는 방법도 있습니다.

'약자'가 되어 보이는 것도 수동 공격과 비슷합니다. A 입장에서는 업무에 관한 제안을 했을 뿐입니다. 그런데 당신이 약자를 연기해버리면 자신이 불쾌한 것은 물론, 상황을 지켜보던 주변 사람들로부터 'A는 제멋대로인 사람'과 같이 평가될 위험까지 생기게 됩니다. 이러한 결과가 예측되므로 당신이 생각하는 '위축'은 상대방에게 '공격'이 됩니다. 당신은 자신이 겁을 먹고 안절부절 못하는 줄 알지만, 당신이 겁을 낼수록 상대방도 겁을 냅니다.

동료로 받아들여지고 친구로서 대등한 관계가 되고 싶다면 남 앞에서 위축되지 말아야 합니다. 무심코 겁을 내게 될지도 모르지만, 당신이 위축되지 않으면 상대방이 당신을 공격할 일은 없습니다. 당신은 상대방을 무서워하고 상대방은 당신을 무서워하는 관계는 친구로서의 '공감'과는 거리가 멉니다. 우선은 당신부터 공격하는 것을 그만두길 바랍니다.

위축되는 것은 상대방을 공격하는 것입니다.
당신의 안절부절못하는 태도가 상대방을 겁먹게 합니다.

타인과의 거리감을 유지하는 것이 어려워요

편안함을 느끼는 타인과의 거리는 사람마다 다릅니다. 신뢰할 수 있는 상대여도 선을 넘지 않는 관계를 선호하는 사람이 있는가 하면, 관계가 얕은 상대와도 붙어서 지내고 싶은 사람도 있습니다. 친구와의 정신적인 거리는 상대와의 친밀도나 신뢰도에 비례하지 않습니다. 그러므로 친해질수록 거리가 좁혀지는 것은 아닙니다.

타인과의 거리를 유지하는 방법에 절대적인 정답은 없습니다. 당신이 적당하다고 느끼는 타인과의 거리감은 A에게는 가까울 수도 있고 멀 수도 있습니다. 거리감은 어디까지나 '두 사람' 사이에 정해집니다. 당신과 A에게 적당한 거리감을 알았다고 해도 그것이 반드시 B에게 통용되지는 않습니다. 당신과 B, A와 B 사이의 거리감을 각각 잡을 필요가 있습니다.

거리감이 고민되는 것은 다른 문화에 속한 상대일 때가 많아요

친한 상대와도 일정한 거리를 유지하고 싶은 사람은 자신의 사생활에 마구 간섭하는 것을 달가워하지 않습니다. 반대로 진득한 관계를 원하는 사람은 친구가 거리를 두면 섭섭하게 느낄 수 있습니다.

'내게 적당한 거리는 이 정도'라고 구체적으로 전할 수 있는 것이 아닌 만큼 거리를 재는 방법이 어려울 때도 있습니다. 단 깊이 만날 수 있는 친구라면 거리를 잡는 방법에 대해 고민하는 일은 거의 없습니다. 서로 공감할 수 있는 관계라면 딱히 신경 쓰지 않아도 자연스럽게 적당한 거리를 유지할 수 있기 때문입니다.

퍼스널 수치의 차이가 작고, 비슷한 문화를 가진 상대와는 타인과의 거리를 잡는 방법도 비슷한 경향이 있습니다. 즉 거리감이 고민되는 것은 관계가 비교적 얕고, 자신과 다른 문화에 속하는 사람에 대한 것일 때가 많습니다.

상대방의 문화를 배우면
자연스럽게 적당한 거리를 유지할 수 있어요

거리를 잡는 방법에 위화감을 느낄 때가 많다면 당신은 다른 문화 속에 있을 가능성이 높습니다. 주변에 공감할 수 있는 상대가 없기 때문에 자신이 타인과의 거리감을 재는 것이 어려운 사람처럼 느끼게 되는 것입니다.

거리를 잡는 방법에 위화감이 드는 원인은 상대방을 자신과 같다고 생각하는 데 있습니다. 우리는 무심코 자신이 편안하게 느끼는 거리가 상대방에게도 편안할 것이라고 생각하기 쉽습니다. 하지만 타인에게는 자신의 기준이 해당되지 않습니다. 특히 퍼스널 수치의 격차가 큰 상대라면 자신과는 가치관도 크게 다른 것이 보통입니다.

우선은 타인과 나의 다름을 인식한 후에 상대방을 알아가야 합니다. '선을 조금 넘었을까?', '조금 더 거리를 좁혀도 될까?' 하고 느꼈을 때는 자신의 감각을 부정하지 마세요. 사람마다 편안한 거리는 어느 정도일지 생각해보세요.

무엇보다 중요한 것은 상대방의 문화를 아는 것입니다. 이때 조심해야 할 것은 알기만 하면 된다는 것입니다. 상대방의 문화에 맞춰서 자신을 바꾸려고 하거나 서로 가까워지려고 노력할 필요는 없습니다.

'A는 이렇게 해주길 바랄 거야.' 하고 배려할 필요는 없습니다. 상대방을 위해서 무언가를 하려고 하는 것은 대등한 관계라고 할 수 없습니다. 어느 한쪽이 일방적으로 배려하게 되면 우정이 서열 관계로 바뀌어버립니다.

상대방에 대해서 잘 알기만 하면 나머지는 '이렇게 하자.', '저렇게 하자.'라고 생각하지 않아도 됩니다. 무의식에 맡겨놓으면 자연스럽게 상대방에게 맞는 관계를 만들어갈 수 있습니다.

—

거리감을 재는 것이 어려운 것이 아니라
서로 다른 문화 속에 있기 때문입니다.
우선은 상대방을 알고 상대방의 문화를 배우세요.

본심과 달라도 남에게
동의할 수밖에 없어요

　사소한 대화 속에서 친구에게 동의를 구하는 일이 자주 있습니다. 하지만 그 대부분은 "그 드라마 엄청 재미있지?", "A과장 일 너무 못하지 않아?" 정도의 동의로 진지하게 생각할 만한 것은 아닙니다.

　그런데 이런 질문에 'NO.'라고 쉽게 말하지 못하는 이유는 뭘까요? 기가 약해서? 사람의 마음을 너무 헤아려서? 속으로 그런 이유를 대고 있을지도 모릅니다.

　하지만 과연 그럴까요? 'YES.'의 뒷면에는 반드시 'NO.'가 있습니다. 사소한 질문에도 'YES.'라고밖에 말할 수 없는 당신은 실은 강한 반발심의 소유자입니다. 본심은 'NO.'라고 말하고 싶을 때가 많지만 말하면 안 된다는 생각에 무엇이든 'YES.'라고 대답하고 있을 가능성도 있습니다.

다른 문화에 녹아들기 위해서 본심을 숨기고 'YES.'라고 해요

'NO.'라고 말하고 싶은 마음을 왜 참을까요? 그것은 지금 당신이 있는 곳에서 'NO.'라고 말했다가는 친구로 받아주지 않으리라고 생각하기 때문입니다. 다른 의견을 말하는 것은 상대방의 의견을 부정하는 것이 아닙니다. '나는 이렇게 생각한다. 당신은 이렇게 생각한다.' 하고 그저 '다름'을 말하는 것일 뿐입니다.

하지만 당신 주변에 있는 사람들은 대부분 '친구라면 똑같은 생각을 가지고 있는 것이 당연하다.'라고 생각할 것입니다. 그런 사람들 사이에서 혼자 'NO.'라고 말했다가는 이단아로 여겨집니다. 그리고 질투 발동을 일으킨 사람들로부터 공격당할지도 모릅니다. 당신은 다른 문화 속에 있습니다. 거기서 공격당하는 것을 막기 위해서 'NO.'라는 본심을 숨기고 있는 것입니다.

다른 문화를 잘 알면
'NO.'라고 말할 수 있어요

지금의 모습을 바꾸고 싶다면 할 수 있는 일은 두 가지입니다. 하나는 자신과 퍼스널 수치가 가까운 사람을 찾아 그 사람과 친하게 지내는 것입니다. 자신과 마찬가지로 'NO.'를 자연스럽게 받아들여주는 곳으로 안식처를 옮기는 것입니다.

또 다른 하나는 지금 있는 곳에서 친구의 문화를 배워보는 것입니다. '본심을 말하면 받아주지 않는다.'라는 생각은 당신의 착각일 수 있습니다. 상대방의 문화를 잘 알면 실은 'NO.'라고 말해도 괜찮을 수 있습니다. 당신이 진짜 자신을 보여줄 수 있게 되면 친구는 당신의 문화를 알 수 있습니다. 서로 상대방의 문화를 배우면 공감할 수 있는 관계가 될 것입니다.

—

'YES.'라고밖에 말하지 못하는 것은
'NO.'라고 말하고 싶은 마음을 참고 있기 때문입니다.
'NO.'라고 말할 수 있는 장소를 찾아보세요.

서열 관계를
만들지 않기 위한 비결

역설의 테크닉

'너는 사람이 좋으니까…'와 같이 '너는 ~한 사람'이라고 타인을 정의하는 사람들이 있습니다. 이것은 타인과의 사이에 서열 관계를 만들고 싶어서입니다. 자신의 말로 상대방을 컨트롤함으로써 우위에 서는 것입니다.

참고로 이러한 단정은 맞지 않는 경우가 많은데, 반론하는 것은 역효과입니다. 상대방이 한 말에 "정말 그렇다니까.", "잘 아네.", "놀라운걸." 하고 동의해보세요.

상대방의 예상을 배신한 듯한 반응을 '역설'이라고 합니다. 우리의 뇌는 청개구리이므로 이런 식으로 말하면 상대방은 '아니, 사실은 잘 모를지도 몰라.'라고 생각하게 됩니다. 결과적으로 당신을 컨트롤하지도, 자신이 우위에 서지도 못하게 됩니다.

사소한 발언이나 행동으로 주변 사람들이 정색한 적이 있어요

자신이 무심코 한 말이나 행동에 대해 상대방이 정색하면 기분이 썩 좋지 않습니다. 상대방이 정색한 것을 계기로 '나는 이상하구나.' 하고 믿게 되는 경우도 있습니다. 정색한 사람은 의외의 말을 듣고 놀란 것뿐이지만, 마음속 깊은 곳에서는 당신이 불쾌해지는 것을 알고 있습니다. '정색한 척'도 질투 발동에 의한 공격의 일종입니다.

질투 발동은 동물적인 본능에 의한 것입니다. 발동이 되면 상대방에 대한 파괴적인 생각이 끓어오르거나 공격적인 행동을 취해버립니다.

질투 발동으로 인한 공격은 자동적으로 나옵니다. 본인 스스로 멈출 수가 없습니다. 그뿐만 아니라 자신이 질투 발동을 일으키고 있다는 사실이나 타인을 공격하고 있다는 사실을 깨닫지 못하는 경우도 많습니다.

바꿀 필요가 있는 것은 당신의 언동이 아니라 사람과의 관계예요

질투 공격을 받았다면 상대방은 당신을 자신보다 '아래'의 존재라고 단정하고 있는 것입니다. '이 사람, 나보다 대단한데?', '나보다 잘 사나?' 등의 생각이 들면 상대방은 질투 발동을 일으키게 됩니다. 그리고 당신에게 상처 주려고 '정색한 척'이라는 형태로 공격을 가해오는 것입니다.

즉 주변 사람들이 정색했다고 해서 당신이 이상한 언동을 한 것은 아닙니다. 상대방이 멋대로 만들어낸 서열 관계 때문에 질투 발동을 일으키고 있을 뿐인 경우도 많습니다. 당신이 자신의 언동을 바꾸거나 반성할 필요는 없습니다. 바꿔야 할 것은 당신과 주변의 관계입니다. 친구 사이에 생겨버린 서열 관계를 바로잡으세요.

상대방이 정색하면
강한 태도로 나가세요

서열 관계를 해소하기 위해서는 당신이 '지배당하는 쪽'으로 있기를 그만둬야 합니다. 과도한 겸손을 그만두세요. 필요 이상의 저자세를 그만두세요. 상대방을 기쁘게 하기 위해서 비위를 맞춰 주는 행동도 그만두세요.

상대방이 정색하는 일이 있어도 '내가 말실수를 했나?' 하고 마음이 약해지거나 당황해할 필요는 없습니다. 상대방이 정색했을 때 가장 좋은 것은 용기를 내서 '강한 태도'로 나가는 것입니다. '나는 전혀 이상한 짓 안 했거든? 이상한 건 이런 일로 정색하는 당신 아니야?'라는 태도를 보여주는 것입니다.

강한 태도라고 하면 어떻게 해야 할지 모를 수 있는데, 그런 사람은 머릿속으로 '그래서 어쩌라고?'를 외쳐보세요. 이것은 '남에게 어떻게 보일까?', '이상한 사람이라고 여겨지면 어떻게 하지?' 등의 답답함을 날리는 암시의 말입니다. 자존감을 낮추는 듯한 마음이 순식간에 사라지고 본래의 자신으로 돌아가 당당하게 있을 수 있게 됩니다.

이렇게 일부러 당당한 태도를 취해봄으로써 당신은 '지배당하는 쪽'이 아니게 됩니다. 우리의 질투 대상은 자신보다 아래의 사람으로 한정됩니다. 자신보다 우위에 있는 상대방이라면 자신보다 뛰어난 점이 있어도, 잘 사는 것도 당연하다고 생각하게 되므로 질투가 일어나지 않습니다.

우선은 자신이 강한 존재임을 알기 쉬운 형태로 어필해야 합니다. 대단한 것을 가지고 있는 것이 당연한 사람임을 상대방이 이해하면 질투 공격이 그칩니다. 당신이 마음껏 행동해도 주변 사람이 싫은 얼굴로 '정색한 척'하는 일은 없어질 것입니다.

—

'정색한 척'은 질투로 인한 공격의 일종입니다.
질투의 대상이 아니게 되면 당신의 행동을 받아줍니다.

그룹 친구들과 같이 있어도
어쩐지 소외감이 들어요

'함께 지내는 친구들은 있는데 어쩐지 외롭다. 그룹 내의 인간 관계도 나쁘지 않고 모두 즐거워 보이는데 나는 왜 답답한 걸까? 하고 자신의 마음을 잘 파악하지 못하는 경우가 있습니다. 당신이 느끼고 있는 감정은 자신의 마음이 아닐지도 모릅니다. 그렇다면 누구의 것일까요?

의외라고 생각될지 모르지만, 그룹 내 다른 멤버의 생각입니다. 우리는 뇌로 이어질 수 있으므로 함께 지내는 그룹 멤버의 마음은 당신에게도 전해집니다. 즉 당신이 느끼는 외로움이나 소외감은 당신 이외의 사람이 느낀 감정일 가능성이 큽니다.

당신에게는 자신 이외의 사람은 그룹에 어울리고 즐겁게 지내는 것처럼 보일 것입니다. 하지만 실은 그룹 전원이 당신과 똑같이 어딘지 불만을 품고 있는 경우도 있을 수 있습니다. 그리고 다른 멤버에게는 당신이 그룹에 어울려서 즐겁게 지내는 것처럼 보일 수도 있습니다.

한 사람 한 사람과 마주하면 공감이 생겨요

직장 동료나 아이 친구 엄마들과 같은 목적이 있는 친구의 대부분은 서로에게 공감하기 쉽다는 이유로 친구가 되는 것이 아닙니다. 일을 수월하게 진행하기 위해서, 아이들이 친하게 지낼 수 있도록 하기 위해서라는 공통의 목적 때문에 사귀는 것이 일반적입니다.

퍼스널 수치를 기준으로 고르지 않기 때문에 같은 그룹이라도 개개 멤버가 속한 문화는 제각각입니다. 이러한 그룹에서는 자연스럽게 공감이나 신뢰가 생기기 어렵습니다. 그래서 같은 공간에서 함께 시간을 보내고 있어도 고독감을 느끼는 일이 많습니다.

외로움을 완화하기 위해서는 소외감을 느끼고 있는 것은 나뿐만이 아니라고 생각해야 합니다. 예를 들어 5인 그룹인 경우, 자신만이 고독하다고 느끼면 '고독한 나 VS 서로 공감하는 다른 4명'과 같은 구도가 생겨버립니다. 이렇게 되면 마치 따돌림을 당하는 것처럼 느껴질 것입니다.

하지만 5명이 각각 고독을 느끼고 있다면 어떨까요? 그 사실을 깨달으면 그룹의 실태가 '고독한 사람×5'임을 알 수 있습니다. 나 혼자만 붕 떠 있는 것이 아니라 애당초 그룹 멤버 사이에 공감이 존재하지 않았던 것입니다.

'5인 그룹'을 한 묶음으로 해서 파악하는 것이 아니라 '고독한 사람 5명'이라는 눈으로 보면 한 사람 한 사람과 마주해보려는 마음이 생깁니다. 그리고 각각의 문화에 관심을 갖게 됩니다. 그룹의 멤버가 서로에 대해서 제대로 알려고 하면 자연스럽게 공감이 생기고 소외감도 완화될 수 있습니다.

외로운 것은 나만이 아닐 수 있습니다.
이유 모를 외로움은 타인의 것일지도 모릅니다.

'진정한 나'로 다가가야
'진정한 친구'를 사귈 수 있어요

지금껏 '내게는 친구는 없다.'라고 생각했습니다. 그런데 이 책을 집필하면서 '아, 내게도 친구가 있었구나.' 하고 깨달았습니다. 그 친구가 버팀목이 되어주었기에 지금의 제가 있음을 알게 되었습니다.

강연을 마치고 내려오면 행사장에 있던 사람이 제게 다가와 "책 잘 보고 있어요."라며 악수를 청하곤 합니다. 그렇게 새로운 사람을 알게 될 때면 '이 사람은 내 친구다.'라는 생각이 듭니다.

저는 줄곧 '내가 누군가의 친구가 될 가치는 없다.'라고 생각했습니다. 누군가와 재미있게 대화를 나누어도 마음속으로는 '아무도 나를 친구라고 생각하지 않을 거야.'라고 외로워했습니다. 민

었던 사람에게 배신당한 일이 몇 차례 있어서인지 친구라고 생각한 상대에게 또다시 배신당하고 상처 받는 일이 두려웠습니다.

과거에 배신당한 경험도 있었지만 그 이상으로 '나는 친구할 만한 가치가 없는 사람인가봐.'라는 마음이 더 강했습니다. 저는 '가치가 있는 사람이 되지 않으면 친구를 만들 수 없다.'라는 생각으로 가치 있는 사람이 되고자 애써왔습니다. 하지만 상황은 나아지지 않았고 스스로를 자책할 뿐 저 스스로에게서 조금도 가치를 찾을 수 없었습니다. 아무리 남에게 칭찬받아도 저는 '누군가의 친구가 될 가치가 없는 사람이다.'라고 생각했습니다.

하지만 이제는 상대방이 어떻게 생각하든 제가 그 사람을 친구라고 생각하면 된다는 것을 압니다. 상대방이 저를 어떻게 생각하는지는 상관없습니다. 그렇게 마음먹자 제 안에 소중한 친구가 생겼습니다. 제가 친구라고 생각하면 그 사람은 제 마음속에서 친구가 됩니다. 상대방이 무엇을 하든 어떤 태도를 취하든 제게는 상관없고, 제가 친구라고 여기면 되기에 마음이 편합니다.

'그건 일방적인 관계가 아니야?' 하고 반문할 수도 있겠습니다. 하지만 이렇게 만난 상대를 마음속으로 친구라고 생각하면 일방적인 관계가 아니게 됩니다. 일방적인 관계가 넓어지면 언젠가 서로 친구라고 인식하게 되기 때문입니다. 서로를 친구라고 생각하면서 상대방이 무슨 일을 하든 상관없이 친구로 생각하고 그 친구의 존재에 의해 고독감에서 해방되고 점점 자유롭게 살 수 있게 됩니다.

저는 지금까지 고독감을 해소하는 데 많은 시간을 할애하느라 정작 자신을 위한 시간을 갖지 못했습니다. 하지만 '언제나 나를 믿어주는 친구'가 생기면 고독감에서 해방되어 자유롭게 자신을 위해 살 수 있게 됩니다. 예전에는 제 자신을 위해서 살게 되면 남을 생각하지 않게 되어 친구가 없게 될 거라며 두려워했습니다. 하지만 외로움에서 벗어나 자유롭게 제 인생을 살아보니 오히려 친구가 더 많아졌습니다.

친구 관계가 넓어지자 '흔들리지 않는 자신감'이 생겼습니다. 삶이 더 즐거워질 거라는 정도만 예상했는데 제 안에 확고한 자신감이 생겨 놀랐습니다. 지금까지 안절부절못하던 제가 없어지고, 흔들리지 않는 제가 되어 기쁩니다. 제가 진정 원하던 모습이기 때문입니다.

친구가 없다며 외로워할 때에는 겉은 어른이지만 내면은 어린아이였습니다. 어디에 가든 항상 '미움받지 않을까?' 하고 안절부절못하고, '저 사람 싫어!' 하고 부정적으로만 생각하는 어린아이였습니다. 친구와 저 사이에 일방적인 관계가 서로 일치되고 그

폭이 넓어지자 예전의 어린아이는 사라지고 어른이 될 수 있었습니다. 어떤 사람 앞에서도 흔들리지 않고 그곳에 있을 수 있게 된 것입니다. 저와 연결된 친구가 저를 믿고 지켜준다는 믿음 덕분입니다.

진정한 친구와의 연결고리는 저를 정신적으로 성장할 수 있게 했을 뿐만 아니라 제게 안정감을 주었습니다. 누군가 "그 친구와 연락을 주고받고 있나요?"라고 묻는다면 저는 "물론이죠. 제 친구는 저를 지켜주고 성장시켜줬습니다."라고 답할 것입니다. 흔들리지 않는 자신감으로 당당하게 말입니다.

진정한 친구 관계가 넓어지면 인생이 달라집니다. 또 흔들리지 않는 자신감은 친구 관계를 더욱 넓힙니다. 그런 관계가 사회 전체로 퍼지면 지금보다 더 나은 세상으로 바뀔 수 있을 것입니다.

오시마 노부요리

진정한
친구가 없어서
외롭다고 느낄 때
읽는 책

초판 1쇄 인쇄 2020년 6월 3일
초판 1쇄 발행 2020년 6월 10일

지은이 오시마 노부요리
옮긴이 장인주

발행인 장상진
발행처 경향미디어
등록번호 제313-2002-477호
등록일자 2002년 1월 31일

주소 서울시 영등포구 양평동 2가 37-1번지 동아프라임밸리 507-508호
전화 1644-5613 | **팩스** 02)304-5613

ISBN 978-89-6518-307-5 03830